KARMA

-Rückmeldung vom Universum-

von OLIVER J. PETRY

Buchbeschreibung:

8 Kurzgeschichten über die Auswirkungen von guten und bösen Taten. Eigentlich wünschen wir uns doch alle, so etwas wie »Ausgleichende Gerechtigkeit«, auf dieser Welt.

Über den Autor:

Oliver J. Petry, geboren 1965, lebt und arbeitet im Saarland.

KARMA

-Rückmeldung vom Universum-

8 Kurzgeschichten

von OLIVER J. PETRY

für meinen Bruder Heiko

Danke an Gabi und an alle, die mich mögen.

Bei Erfahrungen mit sexualisierter Gewalt oder sexuellem Missbrauch können verschiedene Passagen triggernd wirken. Hier finden Sie Hilfe:

www.weisser-ring.de oder www.hilfetelefon.de

1. Auflage- Deutsche Erstausgabe März 2023

Kontakt: Petry@email.de

© Cover, Titel und Text-Oliver J. Petry-alle Rechte vorbehalten.

Herstellung und Verlag:

BoD – Books on Demand, Norderstedt

ISBN: 9783744895415

OLIVER J. PETRY

KARMA

RÜCKMELDUNG VOM UNIVERSUM

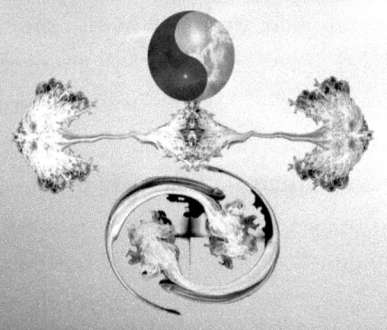

8

KURZGESCHICHTEN

1 Eka

El Camino del Karma

Philipp war mit sich und der Welt, meistens im Reinen. Allerdings war diese Selbsteinschätzung, für alle Menschen, die ihn persönlich kannten, nur schwer nachzuvollziehen. Der Unternehmer konnte in seinem beruflichen Leben schon einige Erfolge verbuchen, weil es ihm absolut nichts ausmachte, jeden Tag aufs Neue, über Leichen zu gehen. Erst heute hatte der selbstverliebte Chef einer großen Werbeagentur, wieder einmal einen dicken Fisch an Land gezogen. Aber nur, weil er seine Mitbewerber ausbootete, indem er die maßgeblichen Entscheidungsträger einer internationalen Kosmetikkette, schlicht und ergreifend bestach. Früher hätte er diese Bestechungen, noch als „nützliche Aufwendungen" steuerlich absetzen können, aber diese Zeiten waren lange vorbei. »Schade« dachte sich Philipp wehmütig.

»Aber die Welt ist nun mal korrupt, und jeder Mensch hat seinen Preis!«, philosophierte der Vierzigjährige. Letztlich ging es doch immer nur um die Knete, und laut Philipp war Geld ohnehin das „Blut des Lebens".

Es war mittlerweile fast 12:30 Uhr und die Sommersonne stand im Zenit. Der Geschäftsmann bremste seinen schwarzen Geländewagen kurz ab, um die kleine Zufahrt zum Wanderweg nicht zu verpassen. Anschließend schaltete er hektisch die elektronische Dämpferabstimmung auf „Offroadmodus" um. Eigentlich ein sinnfreies Unterfangen, aber schließlich hatte er für die diversen elektronischen Helferlein gutes Geld bezahlt. Also wollte er sie auch ausnutzen und sah daher gar nicht ein, seine Geschwindigkeit, auf dem mit Schlaglöchern übersäten Feldweg, zu vermindern. Es kam ihm ohnehin nicht in den Sinn, einfach langsamer zu fahren oder seinen Fahrstil, in irgendeiner Art und Weise, den äußeren Gegebenheiten anzupassen. Obwohl die Luftfederung des Geländewagens ihr Bestes gab, spürte Philipp doch das eine oder andere Knarren in der Lenkung und nahm sich vor, dem Fahrzeughersteller eine negative Rezession zu verpassen. Für ihn waren immer die anderen schuld. Ohnehin sah er sich selbst als „Nabel der Welt", und alle Menschen um ihn herum, waren sowieso nur faul und blöde. Auch passte sein Vorname so gar nicht zu ihm. Aus dem Griechischen kommend, bedeutet „Philipp" in etwa „Der Pferdefreund", dabei mochte er überhaupt keine Tiere. Er hatte vor nicht allzu langer Zeit einmal Pferdefleisch probiert, was ihm aber auch nicht sonderlich zusagte.

Ungefähr hundert Meter, bevor der sandige Feldweg endete, spürte der Unternehmer einen harten Schlag in der Lenkung. Unmittelbar danach vernahm er ein dumpfes Poltern an der Hinterachse. Philipp ging widerwillig vom Gas. Er musste irgendetwas überfahren haben. »Verflucht! Was war das denn?« Die Laune des Geschäftsmannes verschlechterte sich blitzartig. Er hielt kurz darauf an, wartete mehrere Sekunden, bis sich der aufgewirbelte Staub verzogen hatte und stieg dann fluchend aus seiner Edelkarosse. Ungefähr dreißig Meter hinter seinem Wagen kroch eine angefahrene Katze über den Weg. Mit letzter Kraft rettete sich das schwerverletzte Tier auf die andere Seite. Philipp schaute nur einen Augenblick in ihre Richtung, um sich dann seinen angekratzten Stoßfänger näher zu betrachten.

»Verfluchte Kacke, blöde Katze! Jetzt muss ich meine Stoßstange neu lackieren lassen!«, war alles, was ihm dazu einfiel. Während die Katze im Todeskampf wohl ihre letzten Atemzüge nahm, überlegte sich Philipp nur, welche seiner vielen Versicherungen, er denn wohl in Anspruch nehmen könnte. Ein Wildschaden lag wohl nicht vor. Hätte der Geschäftsmann ein Reh, einen Hasen oder gar ein Wildschwein angefahren, würde wohl seine Teilkasko-Versicherung einspringen, aber bei einer Hauskatze war die Sache nicht so einfach. In dem Fall müsste der Katzenbesitzer den Schaden wohl zahlen.

Nachdem Philipp sich sein weiteres Vorgehen überlegt hatte, ging er zum Kofferraum seines Wagens. Er suchte etwas, in das er den Kadaver, sozusagen das Corpus Delicti, einpacken konnte. »Vielleicht reicht ja auch ein Foto zur Beweissicherung aus«, dachte er sich zögernd. Aber als er nach der toten Katze schaute, sah er sie nirgendwo.

»Dieses beschissene Vieh kann sich doch nicht in Luft aufgelöst haben!«, dachte er laut. Philipp lief dorthin, wo er das Tier vermutete, doch er fand weder Blut, Haare noch irgendwelche Spuren. Die Katze war schlichtweg nicht auffindbar. »So ein Mist, dabei wollte ich einfach nur ein paar Meter spazieren gehen«, sinnierte der Unternehmer und ging zum Auto zurück, um seine teuren italienischen Schuhe durch Trekkingstiefel zu ersetzen. Kurz nachdem er die Fußbedeckungen gewechselt hatte, ging er nochmals zu der Stelle, wo er den Tierkadaver vermutete. Aber auch in einem nahen Gebüsch und im Straßengraben wurde er nicht fündig. Die Sonne brannte erbarmungslos. Systematisch erweiterte er nun seinen Suchradius, aber es war einfach nichts zu finden. Philipp schwitzte stark, und gerade wurde ihm bewusst, dass die Klimaautomatik in seinem Wagen, doch eine bedeutende Rolle für sein Wohlbefinden gespielt hatte. »Scheiß auf die verfickte Katze«, dachte er sich, als sein Blick zu dem verfallenen Bauernhaus am Ende des Feldweges schweifte. Irgendetwas hatte sich dort drüben doch gerade bewegt. Der Unternehmer nahm einen Schatten in der Nähe des alten Gebäudes wahr. »Vielleicht finde ich ja dort den Katzenbesitzer, dem werde ich was erzählen«, dachte er sich. Dabei wuchs seine Wut auf eine Person, die er weder kannte noch für sein Malheur, verantwortlich machen konnte. Energisch und schnellen Schrittes machte Philipp sich auf den Weg.

Als er vor dem alten Bruchsteinhaus ankam, staunte er nicht schlecht. Dort war ein riesiger Hund, der eine tote Katze im Maul trug. Das Vieh stand unmittelbar vor seiner Hundehütte und stierte ihn an. Von der Rasse her handelte es sich wahrscheinlich um eine Mischung aus Cane Corso und einem Pyrenäenberghund. Ein stattliches Tier, das mit einer circa achtmeterlangen, massiven Kette gesichert war. Es war kein Mensch zu sehen, aber Philipp erkannte, dass der Vierbeiner nicht das Haus, sondern eher seine Hundehütte bewachte. Sobald der Geschäftsmann sich auch nur einen Meter auf den Holzverschlag zubewegte, gab der hellbraune Hund drohend Knurrlaute von sich. Philipp ging daraufhin einen weiteren Schritt in diese Richtung. Nicht, weil der Mann ausgesprochen mutig war, sondern weil er sich sicher sein konnte, dass der Kettenhund keine Gefahr für ihn darstellte. Der Molosser hatte immer noch die tote Katze im Fang. Knurrend fixierte er den Fremden mit seinen dunklen Augen. Langsam zogen sich seine Lefzen nach oben, und das ehrfurchterregende Tier zeigte Zähne. »Verfluchter Köter, drohe mir bloß nicht, du verdammter Flohzirkus«, schrie Philipp den Hund wutentbrannt an.

Der Unternehmer sah in dem Vierbeiner plötzlich eine Möglichkeit, seine aufgestaute Wut zu kanalisieren. Lachend hob er ein paar größere Steine vom Boden auf, um sie nach dem stoischen Tier zu werfen. »Nimm das, du Töle!« Geradezu hysterisch warf der vierzigjährige Unternehmer einige Kiesel in Richtung des Hundes, aber die Fellnase bewegte sich keinen Millimeter. Größere Steine trafen den Vierbeiner hart. Außer einem Grollen, das tief aus seiner Kehle kam, zeigte das Tier allerdings keine Reaktion. Einige Zeit später hatte sich der Steinewerfer halbwegs abreagiert und schrie den Hund nur noch lauthals an. Er hätte den Molosser liebend gerne weiter malträtiert, aber sein Wurfarm begann langsam zu schmerzen. Morgen würde er sicherlich mit Muskelkater zu kämpfen haben. Also verlor er die Lust, sah noch einmal hasserfüllt zu dem aus einigen Wunden blutenden Kettenhund, und schaute dann auf seine vergoldete Armbanduhr. Schon 13:30 Uhr, hatte er wirklich eine geschlagene Stunde hier verplempert? Er wollte wenigstens noch drei bis vier Kilometer wandern gehen. Fünfzig Meter von ihm entfernt verlief der „Camino Natural", und nicht weit davon, konnte er zum Fluss hinuntermarschieren, um sich nach den ganzen Strapazen, etwas zu erfrischen. Also drehte er sich um und ging weiter.

Nachdem Philipp sich ungefähr fünfundzwanzig Meter von dem Bruchsteinhaus entfernt hatte, hörte er den Hund laut bellen. Hektisch blickte er sich um und sah, dass vorneweg acht oder neun Kätzchen aus der Hundehütte stürmten. Der Molosser hatte die tote Katze vor sich abgelegt, und die neugeborenen Kätzchen umringten miauend ihre leblose Mutter. Irgendwie wirkte die ganze Szenerie fast schon menschlich, und der Geschäftsmann musste unwillkürlich an eine Trauergesellschaft denken. »Das hatte die blöde Töle also die ganze Zeit beschützt«, dachte er sich. Zu Schade, dass er diese Katzenbrut nicht gleich im Fluss ertränken könnte. Es würde zwar die Kratzer in seinem malträtierten Stoßfänger nicht ungeschehen machen, aber zumindest wäre es eine Genugtuung dem Katzenhalter gegenüber. Philipp grinste süffisant, als er über die kleine Brücke in Richtung Fluss marschierte. Plötzlich bellte der Hund wieder. Der Unternehmer hatte nun das Gefühl, dass das Hundebellen an Lautstärke und Intensität zunahm. Das tiefe, kehlige Bellen wurde lauter und lauter. Es klang fast so, als würden die Töne durch Mikrophone und mittels Lautsprecher immer weiter verstärkt. Dem wiederkehrenden Hundebellen folgte ein tiefes, dunkles Grollen. Philipp sah irritiert zur Felswand zu seiner Rechten hinauf, aber er beruhigte sich gleichzeitig damit, dass es sich wohl um ein simples Echo handeln musste. Das laute Hundegebell wollte einfach kein Ende nehmen, und der Geschäftsmann blieb stehen, um sich die Ohren zuzuhalten. Philipp hatte das Gefühl, dass seine Trommelfelle gleich platzen würden. Plötzlich traf irgendetwas sein rechtes Bein. »Verflucht nochmal, Aua!« Mit schmerzverzerrtem Gesicht realisierte er, dass ihn ein größerer Stein an der Wade verletzt hatte. Er blutete leicht. Gleichzeitig nahmen, sowohl das Hundegebell als auch das periodische Grollen immer weiter zu.

Da fiel ihm eine Situation ein, die schon rund dreißig Jahre zurücklag. Damals musste der kleine Philipp eine Physikstunde über sich ergehen lassen. Zuerst gestaltete sich der Unterricht wie immer langweilig, und er und sein Sitznachbar machten Späße und amüsierten sich über die dicke Brille ihres Lehrers. Aber dann legte der Pauker ein Video ein, das nun doch auf Interesse stieß. Irgendwo in Amerika, hatte irgendjemand eine Hängebrücke gefilmt, die langsam instabiler zu werden schien. Damals hatten Windwirbel, die Schwingungsamplitude der Brücke, aufgrund der Selbsterregung, über die Belastungsgrenze ansteigen lassen. Schwingungen, die dann zur sogenannten Resonanzkatastrophe führten.

Dabei wirkte die Fahrbahn wie ein flexibles Band, das sich zuerst wellenförmig bewegte, bevor es letzten Endes den Geist aufgab. Die Hängebrücke stürzte irgendwann ein und riss alles, was sich auf ihr befand, in den sicheren Tod. Mit diesen alten Bildern im Kopf schaute Philipp noch einmal nach oben, kurz bevor ihn ein tonnenschwerer Felsblock unter sich begrub.

2 Dvi

Das Geburtstagsgeschenk

Mit zittrigen Fingern versuchte Alma, dem Geschenkpapier Herr zu werden. Gerade durch ihre rheumatische Erkrankung, entwickelte sich das Einwickeln des kleinen Präsentes, mehr und mehr zur Sisyphusarbeit. Jetzt versuchte es die alte Frau schon seit Stunden und hatte unter Schmerzen, noch nicht einmal das Schleifchen binden können. Früher hätte sie dafür keine zwei Minuten gebraucht, aber ihre verkrümmten Hände spielten einfach nicht mehr mit. Trotzdem lächelte Alma innerlich, weil sie ihrem Mieter ein Geburtstagsgeschenk und somit eine kleine Freude machen konnte. Die Achtundsiebzigjährige hatte vor ein paar Jahren ihren Ehemann verloren und fühlte sich nach seiner Beerdigung oftmals einsam und allein in ihrem großen Haus. Ihre beiden Kinder wohnten weit weg und meldeten sich nur sporadisch. Vor allem nachts ängstigte sich die Rentnerin sehr und schaute lieber mehrmals nach, ob die Haustür und sämtliche Fenster auch richtig verschlossen waren. Vor einem halben Jahr erkundigte sie sich schon nach einem Platz im Seniorenheim, aber da stach ihr im örtlichen Amtsblatt eine Anzeige ins Auge. Nachdem Alma die Zeitungsannonce gelesen hatte, stand ihre Entscheidung fest. Es wäre eine sogenannte Win-Win-Situation für alle Beteiligten. Das Erdgeschoss könnte sie doch vermieten, bekäme somit sogar noch Geld von der Behörde, und würde vor allem einem Menschen etwas Gutes tun. Alma sah in diesem Moment den örtlichen Pastor in Gedanken vor sich. In ihrer Einbildung nickte der Prediger ihr aufmunternd von seiner Kanzel herunter zu, als sie zum Telefon griff. Schließlich war es ein christlicher Akt, den sie gerade beging. Alma hatte sich schon lange nicht mehr so lebendig gefühlt. Die Welt konnte manchmal so böse sein, aber Gott sei Dank, gab es auch noch Menschen wie sie!

Nach dieser guten Tat dauerte es nur wenige Tage, bis sich die zuständige Behörde bei ihr meldete. Eigentlich hätte Alma lieber eine junge Frau, vielleicht sogar mit Kindern, bei sich aufgenommen, aber nachdem man ihr mitteilte, dass ein netter junger Mann ganz dringend eine

Wohnung bräuchte, willigte sie schnell ein. Bei einem Mann im Haus, würde sich die alte Dame doch auch bedeutend sicherer fühlen, zumindest was die steigende Zahl der Wohnungseinbrüche anbetraf. Schon eine Woche später zog dann Johann bei ihr ein. Trotz anfänglicher Vorbehalte, und dem einen oder anderen warnenden Hinweis ihrer höchstwahrscheinlich nur neidischen Freundinnen, hatte Alma den höflichen jungen Mann gleich ins Herz geschlossen. Johann war ein Mieter, wie er besser nicht sein konnte. Er hörte keine laute Musik, lud keine Frauen ein, und benahm sich in ihren Augen auch sonst absolut vorbildlich. Wenn Alma vom Einkaufen kam, stürmte der junge blonde Mann jedes Mal auf sie zu, um ihr die schweren Plastiktüten in die Wohnung zu tragen. Fragten ihre Freundinnen vom Kirchenchor, lobte sie ihren „Mann im Haus" in den höchsten Tönen. Gerade was Hilfsbereitschaft anbelangt, stellte Johann für seine Vermieterin immer neue Höchstleistungen auf. Mittlerweile brachte er für Alma auch den Müll raus, kehrte die Einfahrt und mähte den Rasen. Selbst ihr verstorbener Mann hatte sich zeitlebens nicht annähernd so für sie ins Zeug gelegt. Das Einzige, worüber sich die alte Dame wirklich wunderte, war, dass Johann seine Wohnung mehr oder minder abdunkelte. Die Gardinen im Erdgeschoss waren immer zugezogen und die

Fenster nur ganz selten gekippt. Vielleicht sollte sie ihren Mieter einfach mal darauf ansprechen, dass er hin und wieder seine Wohnung lüften müsste.

Dann, vor ein paar Tagen, klopfte es an ihrer Tür. Johann fragte nach einem Thermometer, worauf Alma ihre halbe Wohnung auf den Kopf stellte. Irgendwo musste sie doch noch so ein Teil haben. Aber höchstwahrscheinlich hatte sie es bei der letzten Entrümpelungsaktion aus Versehen weggeworfen. Oder eines ihrer Kinder hatte es mitgenommen, vielleicht wollten sie bei Almas Enkeln damit Fieber messen. Nachdem die alte Dame auch nach halbstündigem Suchen nicht fündig wurde, gab sie es schließlich auf. Alma entschuldigte sich vielmals dafür, nichts gefunden zu haben, obwohl sie sich doch ganz sicher war, irgendwo noch so einen Temperaturmesser zu besitzen. Johann beruhigte seine immer hektischer werdende Vermieterin, mit sanften Worten und sagte ihr, dass das jetzt kein Beinbruch wäre. Er würde sich die nächsten Tage einfach eines bestellen. Auf Almas Frage, was er denn damit vorhätte, erzählte ihr der junge Mann irgendetwas, was sie aber nicht richtig verstand. Nur so viel, dass er damit die Raumtemperatur irgendwie messen wollte. Nachdem Johann sich wie immer überaus höflich von ihr verabschiedete, kochte Alma sich noch einen Tee und räumte die Unordnung auf, die sie selbst bei ihrer Suchaktion angerichtet hatte. Gerade fiel ihr der Mietvertrag vor die Füße, und als sie ihn wieder in den Aktenordner einsortieren wollte, stellte sie fest, dass Johann wohl morgen Geburtstag haben musste. Welch glücklicher Zufall, dass ihr das soeben passiert war. Als sie ihren Kamillentee ausgetrunken hatte, machte sie sich gleich ausgehfertig, um ihrem Lieblingsmieter ein Geburtstagsgeschenk zu besorgen. Sie brauchte auch nicht lange zu überlegen, was sie ihm denn wohl schenken könnte.

Eine knappe Stunde später stand die alte Frau an der Kasse. Der Verkäufer war sogar so nett, dieses Technikteil betriebsfertig zu machen. Lächelnd zeigte er der alten Dame die passenden Batterien und baute sie vorsorglich ein. Als der Angestellte des Elektromarkts dieses kleine Wunderwerk der Messtechnik erklären wollte, winkte Alma grinsend ab. Sie hatte sich noch nie für irgendeine Art von Technik interessiert, und selbst bei der Programmierung ihres Fernsehers war sie gnadenlos überfordert. Dazu brauchte sie dann schon einen Fachmann, außer wenn ihre Kinder gerade zu Besuch waren. Nun stand die alte Dame in ihrer Wohnung und versuchte, wie bereits erwähnt, diese komplizierte Messstation in Geschenkpapier einzuwickeln. Warum hatte sie das nicht gleich im Elektromarkt machen lassen? Dann hätte sie sich diese Quälerei für ihre unbeweglichen Hände definitiv erspart. Jetzt endlich war das Geschenk als solches zu erkennen, und Alma freute sich schon darauf, es Johann feierlich überreichen zu dürfen. Sie stellte sich vor, wie außerordentlich dankbar er sein würde, wenn er seine krachneue „Measuring-Station 3000" auspackte. Das Teil hatte alle möglichen Funktionen, und ein junger Mann wie Johann, würde schon eine Menge Spaß damit haben. Kurz darauf fiel Alma ein, dass sie ihrem Mieter am nächsten Morgen gar nicht gratulieren könnte. Sie musste doch schon gegen 6:30 Uhr am Gemeindehaus stehen. Das hatte sie ja fast vergessen! Morgen fuhr doch der komplette Kirchenchor mit dem Reisebus auf dieses berühmte Weinfest, und daher würde sie bis zum späten Abend unterwegs sein. Als die Kirchenuhr elfmal schlug, erschrak die alte Dame leicht. Alma hatte die Zeit völlig aus den Augen verloren. Normalerweise machte sie sich allerspätestens gegen 21:00 Uhr bettfertig, aber durch das Einpacken des Geschenks, das schon fast einem „Drama in zwölf Akten" glich, war daran nicht zu denken. In einer Stunde war es so weit. Die Rentnerin wollte unbedingt die Erste sein, die „ihrem" Johann zu seinem zwanzigsten Wiegenfest gratulierte.

Als sie ihre Wohnungstür öffnete, und in den dunklen Flur hinunterschielte, stellte sie fest, dass ihr Mieter wohl noch wach sein musste. Zumindest deutete das ein leichter Lichtschein an, der aus seiner kleinen Wohnung kam. Nun überlegte sie, ob es richtig wäre, ihm jetzt schon das Geschenk zu überreichen oder ob sie doch noch einen Tag warten sollte. Alma entschied sich fürs Erstere, denn sie liebte Überraschungen über alles.

Schließlich hatte Johann bereits in einer halben Stunde Geburtstag. Außerdem war sie so aufgeregt, dass sie ohnehin nicht schlafen konnte. Also zog sie sich ihre Pantoffeln an, nahm ihr liebevoll eingepacktes Präsent, und machte sich auf den Weg ins Erdgeschoß. Unten angekommen, klopfte sie zaghaft, aber voller Vorfreude an Johanns Wohnungstür. Überraschenderweise hatte ihr Mieter seinen Eingang nicht abgeschlossen, die Tür stand einen Spalt weit offen. Sachte rief sie mehrmals seinen Namen, aber Johann reagierte nicht.

Als Alma die Wohnung ihres Mieters betrat, fiel die alte Dame aus allen Wolken. An den Wänden hingen verstörende Banner. Überall standen Chemikalien und irgendwelche elektrotechnischen Geräte herum. Sie erkannte zumindest einen Lötkolben und Stoffsäckchen, aus denen farbige Drähte herausragten. Alma hatte, wie bereits erwähnt, nicht das geringste technische Verständnis, aber in irgendeiner Fernsehsendung hatte sie so etwas doch schon mal gesehen. Das sah nicht unbedingt nach Physikbaukasten aus. Allerdings machte das doch gar keinen Sinn. Es musste eine andere Erklärung für diese Unordnung geben. Dann stand er plötzlich vor ihr. Sein immerwährendes Lächeln war verschwunden. Seine höflichen Umgangsformen erst recht. Alma war entsetzt und wollte aus der Wohnung flüchten, aber Johann riss sie an ihrem Haarzopf zurück. Der Mann wusste durchaus, was er nun machen musste. Die alte Frau trat, schlug und kratzte nach ihm, aber letztlich hatte sie keine Chance gegen ihren Mieter. Ein letztes Mal konnte sich Alma aus Johanns Umklammerung befreien, indem sie ihm in den Unterarm biss. Voller Hass warf der Mann sie daraufhin zu Boden. Alma schlug sich dabei den Kopf so stark an, dass ihr Genick brach. Ohne jegliche Gefühlsregung zog der junge Mann seine leblose Vermieterin schlichtweg zur Seite. Wie ein Sack, der im Weg lag, und einfach nur störte. Er war fast fertig mit seiner Arbeit, und konnte solche Ablenkungen weiß Gott nicht gebrauchen. Morgen früh, würde sein Werk vollendet sein. Dann wäre er berühmt, und ein Teil der Historie. Nun fiel Johann das Päckchen auf, das vor ihm auf dem Boden lag. Einen Moment lang lächelte er sanft, während sein Blick vom liebevoll eingewickelten Geschenk zur

Frauenleiche wanderte. Als er das kleine Paket öffnete, staunte er nicht schlecht. So etwas konnte er gut gebrauchen. Wieder kam ein Schmunzeln über seine Lippen, und dann flüsterte er sogar ein leises Dankeschön in Almas Richtung. Die Frau war immer nett zu ihm gewesen, aber letzten Endes doch nur ein bedeutungsloser Kollateralschaden auf seinem Weg zum Ruhm.

Johann stellte die krachneue Messstation auf den Arbeitstisch, um die Umgebungstemperatur überprüfen zu können. Seine liebe Alma hatte ihm nun doch noch einen letzten Gefallen getan. Mit diesem Universaltool konnte er sich sicher sein, den morgigen Anschlag auch bestmöglich ausführen zu können. Konzentriert werkelte Johann weiter an der filigranen Konstruktion. Gerade bei den letzten Arbeitsschritten, musste er eine ruhige Hand behalten. So stellte er sein Smartphone vorsorglich aus, um nur nicht abgelenkt zu werden. Jegliches Zittern oder irgendwelche äußeren Einflüsse, bei diesem finalen Anlöten, könnten alles in Gefahr bringen. Im Gegensatz zu Alma, die mausetot an der Zimmerwand lag, hatte Johann doch technischen Sachverstand. Gleich würde er den Lötkolben zum letzten Mal ansetzen, und in ein paar Stunden würde ein vollbesetzter U-Bahnzug geradezu pulverisiert. Johann schaute kurz zu seiner neuen „Measuring Station 3000". Die eingebaute

Funkuhr zeigte 23:58 Uhr an. Natürlich hatte er in zwei Minuten keinen Geburtstag, denn die Daten auf Almas Mietvertrag waren frei erfunden.

Ungefähr sechs Stunden zuvor hatte ein netter Verkäufer einer älteren Kundin eine überteuerte Messstation aufgeschwatzt. Eigentlich hatte der langjährige Elektromarktmitarbeiter dieses Teil schon einmal selbst mit nach Hause genommen, aber seine Frau hasste dieses Gerät von Anfang an. Es war einfach zu kompliziert, und diese komische Weckfunktion war gar nicht unter Kontrolle zu bringen. Der eingebaute Alarm schrillte dermaßen, dass man fast seine Zahnplomben verschluckte.

Johann hätte sich sicherlich gerne nur verschluckt! Gerade wollte der junge Mann den Lötkolben äußerst vorsichtig zurückziehen, da ging der Alarm los. Der Bombenbauer erschrak nur kurz, bevor er in tausend Stücke gerissen wurde. Genau um 0:00 Uhr stand fest, dass am nächsten Morgen kein Mensch, durch Johanns Hand sein Leben lassen musste.

3 Trí

Bruno

Wie an jedem einzelnen Tag schaute er traurig durch die Gitterstäbe zur anderen Hofseite. Allerdings nahm seine Hoffnungslosigkeit noch zu, da sein bester Freund seit gestern, weder in Sicht- noch in Hörweite war. Vor ungefähr vierundzwanzig Stunden hatte er Poldis Bellen zum letzten Mal vernommen. Bruno war am Verzweifeln. Wahrscheinlich, weil er bis heute nicht verstand, dass sein menschliches Rudel ihn einfach im Stich gelassen hatte. Vor einem halben Jahr brachte ihn sein Besitzer wortlos hierher, und nachdem sich die schwere Zwingertür hinter Bruno schloss, drehte sich sein Herrchen einfach um und ging. Zuerst dachte der Hund, dass sein geliebter Mensch ihn nach kurzem Warten, bestimmt wieder mitnehmen würde, aber da täuschte er sich gewaltig. Dabei hätte er doch sein Leben für seine Familie gegeben. Der große Rottweiler-Rüde war überaus respekteinflößend, aber von seinem Naturell her äußerst unproblematisch, sensibel und sanft wie ein Lämmchen. Niemals hatte er irgendwelche Aggressionen gezeigt, und selbst das Menschenkind konnte damals in seinen Fressnapf greifen, ohne dass er auch nur eine Lefze hochgezogen hätte. Ganz im Gegenteil, er bewachte das Kleinkind selbstverständlich. Genauso wie er auch auf alle anderen Mitglieder seines Rudels hingebungsvoll aufpasste. Alles war gut damals, nur seiner Herrin, die von seinem Herrn meistens „Anita" gerufen wurde, war er seit Hundegedenken ein Dorn im Auge. Laufend beschwerte sie sich über ihn. Seine pure Anwesenheit störte die Menschenfrau, und wenn sie sich wieder einmal mit seinem Herrn stritt, hörte er oftmals seinen Namen heraus. Meistens beendete sein Herrchen diese hitzigen Diskussionen, indem er sich einfach von seiner Gattin abwandte, die Leine nahm und mit ihm eine kurze Gassi-Runde ging. Während dieser Spaziergänge fühlten sich beide gut. Dann streichelte der Mensch immer seinen breiten Hundekopf, und murmelte ihm leise etwas zu. Bruno liebte diese Augenblicke, weil er genau dann eine tiefe Verbindung zu seinem Rudelführer fand.

Die Menschenfrau ließ wirklich kein gutes Haar an ihm. Apropos Haare, auch darüber beschwerte sie sich bei seinem Herrn, der daraufhin nur seine Schultern hochzog. Bruno machte in ihren Augen alles falsch, er brachte Schmutz ins Haus, sein Speichelfluss war zu stark, und er lag immer dort, wo Anita gerade aufputzen wollte. Bruno konnte ihren Unmut ihm gegenüber, jeden Tag aufs Neue wittern. Er blieb für die Frau ein Störfaktor, und Anita würde keine Ruhe geben, bis sie ihren Mann davon überzeugt hätte, ihn endlich wegzuschaffen. Aber noch setzte sich der Rudelführer durch, noch musste der Rottweiler weder draußen schlafen noch änderte sich sonst irgendetwas an seinem entspannten Hundeleben. Die Menschenfrau begann dann auch irgendwann frech zu lügen, nur um einen Keil zwischen Bruno und sein geliebtes Herrchen zu treiben. So rief Anita ihren Ehemann einmal schluchzend an, um ihm theatralisch mitzuteilen, dass Bruno sie aus heiterem Himmel in den Kopf gebissen hätte. Während sie im Blumenbeet arbeitete, hätte der Rottweiler sie unverhofft angefallen. Als der Mann am späten Nachmittag von einer Weiterbildung nachhause kam, und sich die schwere Verletzung anschauen wollte, fand er Anita völlig aufgelöst vor. Allerdings konnte er absolut keine Blessur an ihr feststellen. Er fand nicht den kleinsten Kratzer. Mit den Worten: „Ich lüge nicht, ich lüge doch nicht!", stürmte sie weinend an ihm vorbei, um sich im Bad anschließend, stundenlang einzuschließen. Brunos

Herrchen wusste, dass seine Frau mit seinem Rottweiler ihre Probleme hatte, aber er hoffte inständig, dass sich das irgendwann legen würde. Schließlich war es doch heutzutage von Nutzen einen Wachhund im Haus zu haben. Aber um auch diesen Vorteil zu entkräften, ließ Anita einfach eine Alarmanlage installieren, ohne mit ihrem Mann im Vorfeld darüber geredet zu haben.

Dann kam dieser heiße Sommertag, der für Bruno alles ändern sollte. Sein Herrchen war nur kurz zum Baumarkt gefahren, weil die Umwälzpumpe des Swimmingpools allmählich den Geist aufgab. Bruno war im Garten unterwegs und hatte den Geruch der Nachbarskatze in der Nase. Die Spur war frisch. Aufgeregt lief er am Zaun entlang, in der Hoffnung, dem Eindringling bellend klarmachen zu können, dass Fremde in Brunos Revier nichts zu suchen hätten. Die Menschenfrau lag halbnackt auf einer Terrassenliege und sonnte sich. Ab und zu schaute sie nach ihrem Menschenkind, das im Sandkasten mit einem kleinen Muschelförmchen spielte. Bruno hatte mittlerweile die Lust an der -Katzensuche-verloren, und trottete langsam zu seinem übriggebliebenen Rudel. Dann sah er etwas, was so nicht sein durfte. Das Menschenkind befand sich nicht mehr in seinem Sandkasten, sondern unmittelbar am Swimmingpool. Es hatte die Kunststoffmuschel in den Händchen und versuchte Wasser damit zu schöpfen. Bruno schaute kurz zur Menschenfrau, die Anita gerufen wurde. Sie machte überhaupt keine Anstalten ihr Junges aus der Gefahrenzone zu bringen. Die Frau schaute stattdessen in die andere Richtung und tippte permanent mit ihren langen unpraktischen Fingernägeln, auf einem kleinen Kasten herum. Bruno rannte los. Das mit Wasser gefüllte Becken war ihm zwar unheimlich, aber jetzt war Gefahr im Verzug, und er musste das jüngste Rudelmitglied retten. Kurz bevor er das Kind erreichte, verlor es das Gleichgewicht und fiel ins Wasser. Anita bemerkte noch immer nichts. Sie war damit beschäftigt etwas Creme aus einer orangefarbenen Tube herauszudrücken. Bruno stürzte sich draufgängerisch ins Schwimmbecken, und schnappte sich das Menschenjunge, gerade noch rechtzeitig, bevor es zu spät war. Bedingt durch das laute Platschen, schaute Anita langsam hoch. Jetzt, da sie sah, dass sich ihr Kind nicht mehr im Sandkasten befand, sprang sie erschrocken auf und rannte zum Swimmingpool. Bruno hatte das Kind bereits aus dem Wasser gezogen, und vorsichtig am Beckenrand abgelegt. Dann spürte er einen Schmerz am Rücken. Die Menschenfrau kreischte ihn wutentbrannt an, während sie mehrmals nach ihm trat. Bruno jaulte auf und zog sich dann winselnd zurück. Der Rottweiler war völlig konfus, und machte sich so klein er nur konnte, um anschließend im Haus Schutz zu suchen. Der Hund verstand die Welt nicht mehr. Gleich darauf kam der Rudelführer nachhause. Nachdem seine Ehefrau ihm erzählt hatte, dass sein gefährlicher Hund, jetzt auch noch ihr gemeinsames Kind, fast getötet hätte, blieb Brunos Herrchen keine Wahl. Mit Tränen in den Augen nahm er sein Smartphone, um das örtliche Tierheim anzurufen.

Ein halbes Jahr später, hatte Bruno noch immer keinen blassen Dunst, warum er sein geliebtes Rudel nicht mehr bewachen durfte. Einmal hatte er zwischenzeitlich Besuch bekommen. Völlig unerwartet, kam sein Herrchen gemeinsam mit dem Menschenkind vorbei, um nach ihm zu sehen. Bruno freute sich so, dass er laut bellte und winselnd an den Gitterstäben hochsprang, aber daraufhin nahm sein Herrchen das Rudeljüngste bei der Hand, und beide ließen ihn ein zweites Mal zurück. Vor ein paar Tagen interessierte sich dann doch ein Mensch für ihn. Ein junger Mann kam zu seinem Zwinger, und begutachtete Bruno eingehend. Der Zweibeiner hatte einen Geruch an sich, der dem Rottweiler so gar nicht behagte. Der Hund hatte ein gutes Gespür, was Menschen anbetraf. Irgendetwas stimmte mit diesem Kerl nicht. Was Bruno allerdings nicht verstand, waren die Worte, die der gut gekleidete Jüngling in sein

Smartphone murmelte. Hätte er die Worte „Hundekampf", und „der richtige Gegner für deinen Pitbull", deuten können, wäre er sicherlich noch unentspannter gewesen. Stattdessen bellte der Rottweiler tief und drohend, was den Jüngling in seiner Entscheidung noch bestärkte. Dann ging der Mann mit der schlechten Aura zu einer Mitarbeiterin des Tierheims, und steckte ihr heimlich ein paar Geldscheine zu. Morgen würde er den Rottweiler abholen, und schon bald würde sich seine kleine Investition richtig lohnen.

Zur gleichen Zeit als der junge Mann mit quietschenden Reifen und lauter Technomusik vom Hof fuhr, stieg ein alter Mann von seinem Aufsitzmäher herunter und überlegte. Gerade hatte er etwas gesehen, was sicherlich nicht für seine Augen bestimmt war, doch geahnt hatte er es schon seit langem. Der Ehrenamtler war jeden einzelnen Tag im Tierheim. Er war hier prinzipiell „Mädchen für alles", zwar ohne Bezahlung, aber das wollte der ehemalige Veterinär auch nicht. Er liebte Tiere über alles, weil sie ihm gegenüber stets loyal und authentisch waren. Das konnte er von manchen Menschen nicht unbedingt behaupten. Jetzt, da er die heimliche Geldübergabe selbst beobachtet hatte, wurde ihm manches klar. In der Zeitung hatte er vor kurzem von einem toten Riesenschnauzer gelesen. Der Tierkadaver wurde auf einer Mülldeponie ganz in der Nähe gefunden, nur konnte man die Identität des Hundes nicht feststellen, weil der Chip herausgeschnitten worden war. Wenn das zutraf, was der alte Tierarzt annahm, musste er schnellstmöglich die Polizei benachrichtigen. Langsam schlenderte er zu Brunos Zwinger. Der Rottweiler freute sich immer, den Alten zu sehen, und bellte aufgeregt. »Keine Angst, mein Großer! Ich pass auf dich auf. Der junge Spinner wird seine dreckigen Finger von dir lassen. Das verspreche ich dir!« Der alte Mann griff durch die Gitterstäbe, um Bruno zu berühren. Jeder andere hätte sich vielleicht gefürchtet, als der riesige Rottweiler daraufhin zum Gitter stürzte, aber der Hund spürte die „positiven Vibes" des Menschen. Im Gegensatz zu dem jungen Kerl hatte dieser Zweibeiner eine gute Ausstrahlung. So leckte Bruno die knöchrige Hand des Alten, und ließ sich danach ausgiebig von ihr streicheln.

Unterdessen saß ein vollkommen desillusionierter Mann an seinem Schreibtisch. Seine Frau hatte ihn soeben für einen Kerl verlassen, der vorneweg das dreifache verdiente. Eigentlich wollte er nie wahrhaben, dass Anita in erster Linie an seinem Bankkonto interessiert war. Aber nachdem er sich beruflich umorientierte, um mehr Zeit für seine Familie haben zu können, bemerkte er, dass seine Ehefrau immer unzufriedener wurde. Vor einer halben Stunde stritten sich die beiden noch ein letztes Mal, während der neue Liebhaber ihre Designerkoffer zu seinem schneeweißen Kombi trug. Anita wollte jetzt auf nichts mehr verzichten müssen und endlich ihr Leben „leben". Schließlich stand ihr das ihrer Meinung nach zu. Der neue Mann an ihrer Seite versprach ihr ein unbeschwertes Leben, und dass er ihr, sämtliche Sterne vom Himmel holen würde. Nach einem hitzigen Wortgefecht rannte Anita triumphierend aus dem Haus und ließ sowohl ihren Ehemann als auch ihren gemeinsamen Nachwuchs, völlig perplex zurück. Das Kind begann zu weinen, und suchte Trost bei seinem Vater, dessen Pulsfrequenz sich langsam wieder stabilisierte. Nachdem er feststellte, dass seine Exfrau, im Eifer des Gefechts, ihren alten Laptop vergessen hatte, klappte er das Teil vorsichtig auf und schaltete es ein. Vielleicht hoffte er, im kommenden Scheidungskrieg, den einen oder anderen Chatverlauf nutzen zu können, aber dann entdeckte er eine Datei, die schlagartig seine Neugier weckte. Er öffnete sie und fand einige abgespeicherte Videos, die mit „Alarm System" kenntlich gemacht waren. Durch Zufall schaute er sich das Filmchen an, das an dem besagten Tag von der Außenkamera aufgenommen wurde. Er glaubte, seinen Augen nicht zu trauen, als er sah, wie sein geliebter Hund, sein Kind vor dem Ertrinken rettete. In dem Moment hätte er sich am liebsten selbst in den Allerwertesten gebissen, wie blöde musste er gewesen sein, um sich allein auf die Aussagen seiner Exfrau verlassen zu haben. Er würde morgen früh als Erstes zum Tierheim fahren, wenn ihn bis dahin seine Gewissensbisse nicht in den Wahnsinn getrieben hätten. Was er seinem treuen Bruno angetan hatte, wäre nur sehr schwer wiedergutzumachen.

Etwa zur gleichen Zeit saßen drei Männer um einen Tisch herum und spielten Karten. Ein ehemaliger Tierarzt, ein Apotheker im Ruhestand und ein pensionierter Kriminalpolizist. Aber heute hatten die Spielkarten keine Priorität. Nachdem der alte Veterinär seinem Herzen Luft gemacht hatte, reagierten seine Freunde so, wie er sich das vorstellte. Die drei Männer waren sich recht schnell einig, wie denn nun weiter vorzugehen wäre. Als der Morgen dämmerte, schlich eine dunkelgekleidete Gestalt zu Brunos Zwinger. Die Person, die nicht gesehen werden wollte, nahm ein Stück Fleischwurst aus der Jackentasche, und warf es hinter die Gitterstäbe. Bruno wurde durch den Geruch geradezu magisch angezogen, und schnappte sich den Happen sofort. Zehn Minuten später ging es dem Hund miserabel. Er erbrach sich und kotete sich gleichzeitig ein. Bruno konnte sich kaum noch auf den Beinen halten, während der Technofan auf dem Parkplatz eine Vollbremsung hinlegte. Als der Jüngling dann vor Brunos Behausung stand, musste er sich die Hand vor die Nase halten, denn aus dem Zwinger stank es ganz bestialisch. Diesen kranken Köter konnte er wirklich nicht gebrauchen. Wütend suchte er die Tierheimmitarbeiterin. Natürlich wollte er sein Geld zurück. Er fand sie nicht, aber das war letzten Endes auch egal, da er selbst gefunden wurde. Nachdem ein paar Minuten später zwei Polizisten auf den Hof kamen, klickten die Handschellen. Die von ihm gesuchte Mitarbeiterin, die sich als Komplizin der Hundemafia herausstellte, saß bereits seit Stunden in Untersuchungshaft und hatte längst ausgepackt.

Eine halbe Stunde später kam Brunos Herrchen zum Tierheim. Er hatte die letzte Nacht kein Auge zugemacht und war überaus geschockt, als er vor dem Zwinger seines ehemaligen Hundes stand. Der Rottweiler lag wie leblos auf dem Boden. Ab und an zuckten seine Beine, aber sein Anblick war wirklich erbärmlich. »Ich komme zu spät!«, dachte er sich, mit Tränen in den Augen, als ihn jemand sanft an der Schulter berührte. »Eine Vergiftung!«, sagte der Alte nur. Brunos Herrchen schaute den alten Mann traurig an und erzählte ihm darauf, wie es dazu kam, dass der Rottweiler sein Zuhause verlassen musste. Er berichtete ihm auch von seiner Arglosigkeit, was seine Frau anbelangte. Mit zittriger Stimme erzählte er seinem Gegenüber seine halbe Lebensgeschichte. Nachdem er zu seinem Bruno geschaut hatte, der sich mittlerweile nicht mehr rührte, begann er hemmungslos zu weinen. Als er sich wieder halbwegs beruhigt hatte, wandte er sich an den Alten. »Würden Sie mir helfen, ihn in mein Auto zu laden? Ich bitte Sie! Ich würde Bruno gerne nachhause bringen und dort, unter seinem Lieblingsbaum begraben. Helfen Sie mir bitte!« Die Miene des alten Mannes wandelte sich langsam und er begann leicht zu lächeln. »Natürlich helfe ich Ihnen. Aber warten Sie noch ein paar Jahre mit dem Beerdigen ihres Hundes! Die fünf Minuten, die sie leiden mussten, sind in keinem Fall vergleichbar mit dem Leiden ihres Rottweilers. Er musste über ein halbes Jahr leiden, tagein und tagaus.« Brunos Herrchen starrte den Alten völlig apathisch an.

Währenddessen ging der ehemalige Veterinär in den Zwinger, nahm ein Medikament aus seiner Tasche, und schob es vorsichtig in Brunos Maul. Keine drei Minuten später, stand der große Hund wieder auf den Beinen. »Es ging nicht anders!«, bemerkte der Tierarzt schmunzelnd. »Ich musste den Rottweiler völlig unattraktiv für diesen Schnösel von der Hundemafia machen. Da ich nicht wusste, ob die Polizei pünktlich hier sein würde, war ich gezwungen, mit einem speziellen

Sedativum vorzubauen. Damit es noch theatralischer aussieht, hat mir ein Apotheker noch Brechwurz dazu gegeben.« Bruno war noch ziemlich benommen, aber als er seinen Rudelführer wahrnahm, torkelte er freudig auf ihn zu. Voller Glück ging der Mann daraufhin in die Knie und umarmte seinen Hund liebevoll. So war es ihm auch egal, dass er sich dabei seine Klamotten völlig ruinierte. »Jetzt machen wir den verdreckten Zwinger gemeinsam sauber, und dann bringen Sie Ihren Hund in sein zuhause!«, sagte der Veterinär und suchte den Hochdruckreiniger. »Ja, Danke, Tausenddank! So machen wir es! Verzeih mir Bruno, verzeih mir.«

Sicher, Bruno hatte ihm schon längst verziehen, denn der Rottweiler lebte, wie alle Hunde, nur in der Gegenwart. Während das Herrchen seinen Hund zärtlich saubermachte, leckte ihm Bruno dankbar die Hand. Es war ein schöner Hundetag, und hier und jetzt war alles gut!

Anuta „Die Schokoladenseite"

Jetzt saß sie schon eine geschlagene Stunde auf dem WC. Ihre geröteten Augen wurden nicht müde, die alten Badfliesen zu betrachten. Wenn sie sich konzentrierte, konnte sie Bilder, ja sogar Gesichter, aus der Marmorierung des Steingutes heraus erkennen. Das machte sie im Übrigen auch, wenn sie sich die Wolken am Himmel ansah. Dort erkannte sie einen Drachen, die andere Wolke sah aus wie der leibhaftige Sensenmann. Ihren letzten Job hatte sie nun auch verloren. Ganze zweimal konnte sie sich dazu zwingen, auf der Arbeit zu erscheinen. Aber vor ungefähr einer Stunde kam ein Telefonanruf, der so auch zu erwarten war. Die Betriebsleiterin einer Putzkolonne ließ Anuta gar nicht erst zu Wort kommen und schimpfte gleich drauflos. Sie wäre definitiv nicht geeignet, unzuverlässig, und mit ihren langen Fingernägeln ohnehin nicht in der Lage, als Putzkraft ordentliche Arbeit zu leisten. Empört legte Anuta einfach auf.

Die Vierzigjährige war sich keiner Schuld bewusst, wahrscheinlich deshalb, weil sie sich für etwas Besseres hielt. Körperliche Arbeit wollte und musste sie in ihrem bisherigen Leben auch noch keine leisten. Wenn man mal davon absah, dass sie sich auf ihren „Sugardaddys" einigermaßen rhythmisch bewegen musste. Solange die gut betuchten Männer das Portemonnaie aufmachten, stöhnte sie ihnen auch gerne etwas vor. Damit hatte sie arbeitstechnisch keine Probleme, wenn nur der Rubel rollte. Allerdings ging Anuta in ihrem Alter auch nicht mehr unbedingt als „Sugarbabe" durch. Im Bad brauchte sie von Jahr zu Jahr länger und auch ihre hübschen Brüste, die ihr ein Schönheitschirurg aus Barcelona, vor circa fünf Jahren spendiert hatte, konnten mittlerweile nicht mehr von ihrem ausgemergelten Gesicht ablenken. Das Leben forderte seinen Tribut, und sie hatte ihr Leben wirklich gelebt und exzessiv genossen. Früher brach sie mit ihrem Mädchenblick sämtliche Herzen. Bereits als Teenager brauchte sie niemals Geld dabeizuhaben, denn wenn sie ausging, spendierte immer irgendein Kerl ihre Drinks. Schon in ihrem damaligen Kinderzimmer trainierte Anuta sowohl ihre Gestik als auch ihre Mimik vor dem Spiegel, aber nicht, weil sie Schauspielerin werden wollte. Ihr war bereits als kleines Mädchen bewusst, dass sie mit ihrem unschuldigen Kinderblick alle Männer in ihrer Umgebung um den Finger wickeln konnte.

Früher hatte Anuta in Champagner gebadet, war als Begleitung gutbetuchter Männer auf der ganzen Welt unterwegs gewesen. Dabei räkelte sie sich mehr als einmal auf den Sonnendecks der teuersten Yachten. Als Hostess oder Escort-Lady ging sie über einen roten Teppich nach dem anderen, immer jemanden an ihrer Seite, der ihr sämtliche Sterne vom Himmel holen konnte. Selbstverständlich erzählte ihr der eine oder andere Kunde, dass er sich ihr zuliebe sogar von seiner Ehefrau trennen würde. Anuta war so dumm, das auch noch zu glauben! Vor nicht allzu langer Zeit fasste sie tatsächlich den Mut und telefonierte mit der Ehefrau ihres damaligen Gönners. Im Champagnerrausch giftete Anuta die fremde Frau am Telefon an, und forderte sie beinahe hysterisch auf, ihren Ehemann doch endlich freizugeben. Das Resultat ließ nicht lange auf sich warten. Natürlich stritt der betreffende Mann die Liaison zornig ab und sorgte danach dafür, dass Anuta in ihrem Business keinen Fuß mehr auf den Boden bekam. Der „Männerfang" in Barcelona hatte sich für sie für alle Zeiten erledigt, und gewissermaßen über Nacht, verlor sie alles, was sie hatte. Daraufhin musste sie zu einer alten Freundin nach Roses ziehen. Nur mit einem kleinen zerkratzten Designerkoffer in der Hand kam sie spätnachts dort an und konnte von Glück sagen, dass ihre ehemalige Schulfreundin ihr Unterschlupf gewährte.

Paola war eine gutmütige Frau. Sie arbeitete in einem nahen Supermarkt und konnte sich mit dem kargen Verdienst gerade so ihre Hinterhofwohnung und ein altes Auto leisten. Im Gegensatz zu Anuta, durfte sie nie die Schokoladenseite des Lebens genießen. Nachdem ihr Ehemann sie für eine Jüngere verlassen hatte, hinterließ er Paola nur seine unbezahlten Rechnungen. Aber die kleine, unscheinbare Spanierin schaffte es, mit jeder Menge Energie und mehreren Putzstellen gleichzeitig, in kürzester Zeit wieder schuldenfrei zu sein. Jetzt, da Paola auf der Arbeit war, überlegte Anuta angestrengt, wie sie sich bei ihrer Freundin am besten rechtfertigen konnte. Nachdem mehrere Bewerbungsgespräche kläglich gescheitert waren, hatte sich Paola erneut für sie ins Zeug gelegt. Schließlich wollte sie Anuta bei der Arbeitssuche helfen und pries ihre Freundin aus Barcelona in den höchsten Tönen bei verschiedenen Geschäftsleuten an. Aber Anuta fühlte sich bei den Vorstellungsgesprächen meistens missverstanden und zeigte den potenziellen Arbeitgebern schon nach wenigen Minuten, dass sie weder Lust auf den besagten Job hatte noch sich in irgendeiner Art und Weise, unterordnen konnte. Sie hatte es auch bei der Reinigungsfirma: „Lo hacemos Limpio- We make it clean" versemmelt. Dabei wollte sie schon einer geregelten Arbeit nachgehen, aber das war doch nun wirklich nicht standesgemäß. Anuta musste sich etwas einfallen lassen, bevor ihrer Freundin der Geduldsfaden riss. Sie brauchte schnell einen Job, ehe Paola sie irgendwann vor die Tür setzen würde.

Also schaute sich die Frau aus Barcelona verschiedene Zeitungsannoncen an, in der Hoffnung, etwas Adäquates zu finden. Putzen in Empuriabrava, Servieren in Santa Margarida, …No! Das käme für sie nicht in Frage. Sie blätterte weiter und wurde kurze Zeit später fündig. In Figueres könnte sie sich als Bardame bewerben. Das wäre doch weniger anstrengend als Putzen und würde ihr auch einfach mehr Spaß bringen. Vielleicht sollte sie sich gleich auf den Weg machen, Paolas alter Fiat Panda stand schließlich draußen. Bevor ihre Freundin im Supermarkt Feierabend hatte, wäre sie ohnehin schon wieder zurück. Wahrscheinlich würde sie gar nicht merken, dass sich Anuta kurz ihr Auto ausgeliehen hätte. Wenn doch, könnte sie ihr ja beschwichtigend von ihrem neuen, sicherlich besser bezahlten Job berichten.

Sie musste jetzt los, bevor die Bardamen-Stelle vergeben war. Also zwängte sie sich in ihre figurbetonteste Jeans und wählte bewusst eine weiße Bluse, die so stramm saß, dass ihr falscher Busen kurz davor war, den dünnen Stoff zu zerreißen. Anschließend spachtelte sie viel zu viel Make-up in ihr müdes Gesicht und machte sich auf den Weg nach Figueres.

Dort angekommen, parkte sie den Panda in einer Seitenstraße und suchte die besagte Bar, die sich in der Nähe des Dali-Museums befand. Anuta war ziemlich enttäuscht, als sie auf den heruntergekommenen Schuppen zuging. Zudem musste sie sich beim Gehen sehr konzentrieren, denn das Kopfsteinpflaster war nur bedingt für hohe Stöckelschuhe geeignet. Unmittelbar, bevor sie eintrat, fiel ihr ein ungepflegter Mann auf, der mit einer dunkelblauen Sporttasche unter dem Arm auf eine alte Vespa zuging. Ein Mädchen stand nahe dem Eingang und rauchte eine Zigarette. Dann drehte sich der Mann mit der Tasche noch einmal zu der jungen Frau um und flüsterte ihr ein kurzes »Adéu« zu. Die knappe Verabschiedung klang fast wie eine Entschuldigung. Anuta überlegte kurz, ob sie den Laden überhaupt betreten sollte, aber letztlich brauchte sie das Geld. Zudem musste sie sich bei Paola in Kürze rechtfertigen, warum sie die ordentlich bezahlte Putzstelle, bereits geschmissen hatte. Also betrat sie die Kaschemme, wenn auch mit einem flauen Gefühl in der Magengrube. Drinnen sah sie nur eine einzige Person. Ein hünenhafter Mann mit langen, silbergrauen Haaren, der sich an einer betagten Kaffeemaschine abmühte. »Mierda! Fuck, … so ein verdammter Schrott! Jolanda hilf mir gefälligst, aber wasch dir zuerst ordentlich den Mund aus!« Anuta räusperte sich kurz. »Entschuldigung. Die Dame, die Sie suchen, steht wahrscheinlich noch draußen. Es ist wohl das Mädchen, dass in der Nähe Ihrer Bar eine Kippe raucht, oder?« Darauf drehte sich der etwa sechzigjährige Mann langsam zu Anuta um. »Wie kann ich Ihnen helfen? Eigentlich haben wir noch geschlossen!«, sagte der Mann leise, aber deutlich. Seine Stimme war dunkel und rauchig und klang in Anutas Ohren recht angenehm. Aber seine Augen missfielen ihr. Anuta hatte solche Augen im Laufe ihres Lebens schon des Öfteren gesehen. Irgendwie hatten sie etwas Unberechenbares, etwas Wölfisches, zumindest etwas Raubtierhaftes. »Luca, mein Name ist Luca!«, sagte der Wirt. »… und wie heißen Sie?« »Mein Name ist Anuta und ich komme auf die Anzeige hin.« Die vierzigjährige Frau merkte, dass ihre Stimme leicht zitterte. Luca musste ihre Angst wittern, und wieder sah sie sein geradezu wölfisches Lächeln.

»Seien Sie doch nicht so nervös, ich werde Sie nicht gleich totbeißen, Señora!« Der Wirt zwinkerte sie schelmisch an. Dann kam er hinter dem Tresen hervor, stellte sich unmittelbar vor sie und musterte Anuta von oben bis unten. Luca schaute der Frau nicht etwa in die Augen oder nach ihrer Hochsteckfrisur. Ohne Scham sah er ihr auf den Busen, während seine Zunge unbewusst über seine Oberlippe fuhr. Luca lächelte sie an, hielt seinen rechten Zeigefinger hoch und bewegte ihn kreisend. Anuta verstand nicht gleich, was er ihr damit sagen wollte. Doch bevor sie Luca fragen konnte, gab er ihr schon Anweisungen. »Jetzt dreh dich gefälligst, ich will deinen Po sehen! Bist du immer so begriffsstutzig?« Seine Stimme hatte schnell einen markigen Befehlston angenommen. Anuta wurde rot, aber das konnte man unter dem dick aufgetragenen Make-up nicht erkennen.

»Okay Señora, du sollst meine Gäste schließlich animieren, und das machst du nicht mit deinem schönen Gesicht, sondern mit deinem Hintern und deinen Brüsten!« Lucas Stimme klang jetzt fordernd. Anuta war verunsichert und schwieg. Gerade betrat Jolanda wieder das Lokal, aber mit einer Handbewegung deutete der Wirt an, dass sie noch draußen warten sollte. Leicht irritiert, aber mitleidig grinsend, machte das junge Mädchen auf dem Absatz kehrt, um die Bar wieder zu verlassen.

»So!«, sagte der Wirt. »Dann lass uns mal zu den Gehaltsverhandlungen kommen.« Anuta seufzte leise, als der Hüne sie bei der Hand nahm. Er setzte sich gemütlich an einen kleinen Tisch und befahl seiner neuen Mitarbeiterin, unter dem selbigen zu warten. Nachdem er seine, fast bis zum Filter heruntergerauchte Zigarette, im Aschenbecher ausgedrückt hatte, zog er den Reißverschluss seiner Lederjeans herunter. »So, mein Mädchen, gib dir bloß Mühe, … dementsprechend fällt dein Grundgehalt aus!«

Anuta krabbelte auf allen vieren unter den Tisch und machte sich an die ihr aufgetragene Arbeit. Es war nicht das erste Mal, dass sie so ihr Geld verdiente. Außerdem musste man sie dazu keinesfalls zwingen. Luca grunzte zufrieden und warf seiner Mitarbeiterin gönnerhaft ein Papiertaschentuch hin. Nachdem er seinen Hosenstall wieder zugezogen hatte, stand er auf und tänzelte auf eine verbeulte Musikbox zu. Fast wäre er Anuta noch auf die Hand getreten. »D1«, sagte er zu sich und drückte die vergilbten Tasten. Gleich darauf ertönte „Smoke on the water" und Luca pfiff die Melodie des Deep Purple Klassikers laut mit. Dann tauchte auch Jolanda wieder auf, um die fremde Frau, die auf einem Stuhl saß, und ihr stark geschminktes Gesicht mit einem Papiertaschentuch säuberte, hämisch anzugrinsen. »Geteiltes Leid ist halbes Leid«, dachte Jolanda, denn schließlich hatte sie doch vor einer dreiviertel Stunde den letzten Gast auf die gleiche Art und Weise befriedigen müssen. Ob der Mann, der anschließend auf dem alten Vespa-Motorroller davonbrauste, übermorgen noch an sie dachte? Sie war zu desillusioniert, um daran zu glauben. Wenn in zehn Stunden ihre Schicht vorbei wäre, würde sie sich ihr Hirn dermaßen mit Drogen vernebeln, dass die permanente Gewalt und alle Übergriffe, jegliche Bedeutung verlieren würden. Luca griff in seine Hosentasche und hielt Anuta die tausend Euro vor die Nase, die er vor etwa einer Stunde von Pascal Cortez bekommen hatte. (Siehe: „Der andere Judas"-Catalunya Hardcore). Anutas müde Augen strahlten ein wenig, als sie nach dem Geld griff. Luca lachte. Dabei war unklar, ob er die Frau an- oder auslachte. »Ganz ruhig, Señora! Nicht dass du glaubst, der Blowjob wäre mir so viel wert. Das ist dein Grundgehalt als Bardame. Ab heute stehst du hier jeden Abend von 21:00 Uhr bis 05:00 Uhr auf der Matte. Die Trinkgelder teilst du kameradschaftlich mit Jolanda. Wenn du nicht erscheinst, ohne mir vorher Bescheid gegeben zu haben, suche ich dich und werde dich mit Sicherheit auch finden! Dann werde ich dich windelweich prügeln! Verstanden?« Anuta nickte brav und ging zum Ausgang. »Bis heute Abend und sei bloß pünktlich!«

Luca versuchte sich wieder an der Kaffeemaschine und Jolanda war glücklich, nicht mehr die einzige Blitzableiterin für die „Bad Moods" ihres Chefs sein zu müssen. Anutas Laune war zwiegespalten, als sie auf den alten Fiat Panda zuging. Auf der einen Seite hatte sie nun endlich einen Job, aber auf der anderen Seite fühlte sie sich irgendwie schmutzig und erniedrigt. Allerdings würde sie diesen Luca schon so manipulieren, dass er ihr irgendwann aus der Hand fressen würde. Da war sie sich sicher. Immerhin hatte sie im Laufe ihres Lebens genug Männer studiert, um zu wissen, welchen Hebel man wie und wo einsetzen musste. Anuta steckte gerade den Schlüssel ins Zündschloss, da riss jemand die Beifahrertür auf. »Sie müssen mir helfen!«, sagte eine alte Bäuerin, die ungefragt auf dem Beifahrersitz Platz nahm. Die Greisin war völlig außer Atem und bettelte Anuta regelrecht an. Sie müsste dringend zu ihrem Sohn, der sich außerorts auf einem Olivenacker befand. Sie hatte ihn schon mehrmals angerufen, aber da er sich nicht zurückmeldete, befürchtete sie, dass ihm vielleicht etwas Schlimmes bei der Feldarbeit zugestoßen sein könnte. Anuta interessierte das herzlich wenig, den Teufel würde sie tun. Auf schnellstem Wege musste sie jetzt nach Roses. Vielleicht hatte Paola noch nicht mitbekommen, dass der Fiat weg war. »Verschwinden Sie!« Anuta giftete das Großmütterchen regelrecht an. Doch die Bäuerin tat so, als ob sie Anutas Befehl gar nicht verstanden hätte. Stattdessen griff sie nach dem Sicherheitsgurt und schnallte sich an. Sie machte das etwas ungeschickt, da sie unter ihrem rechten Arm ein kleines Kätzchen hielt. Anuta verlor jetzt langsam die Geduld und befahl der Frau lautstark, den Wagen zu verlassen. Wieder bettelte die Bäuerin sie an, sie doch bloß zu dem Olivenacker zu fahren. Anuta kurbelte daraufhin ihre Seitenscheibe herunter, riss der Alten die Katze aus dem Arm und warf sie einfach aus dem Fenster.

Das Kätzchen landete zwar unbeschadet auf der Straße, aber fast wäre das Tier, von einem gerade vorbeifahrenden Lkw überrollt worden. Genauso panisch wie sich das Katzenkind auf der vielbefahrenen Fahrbahn verhielt, wurde jetzt auch seine Besitzerin. Schnell versuchte die Bäuerin schreiend, ihren Gurt zu lösen, aber das Schloss hakelte. Anuta griff währenddessen nach rechts, um die Großmutter aus dem schon rollenden Panda zu bekommen. Sie öffnete die Beifahrertür von innen, löste das Gurtschloss und schubste die Alte einfach hinaus. Die Bäuerin stürzte aus dem Auto, brach sich daraufhin mindestens ein paar Knochen, überschlug sich, und lag dann bäuchlings neben der Fahrbahn. Anuta fuhr langsam weiter, nachdem sie die Beifahrertür von innen wieder zugezogen hatte. Nur kurz sah sie hektisch in den Rückspiegel, um anschließend Vollgas zu geben. Mehrere Fußgänger rannten zu der schwerverletzten Frau und schauten irritiert in Richtung des davonbrausenden Fiats. Aber Anuta war das egal, sie war mittlerweile so weit weg, dass keiner der Passanten ihr Autokennzeichen erkennen konnte. Im Eifer des Gefechts registrierte sie auch nicht, dass sie mehrere rote Ampeln überfuhr und ein älterer Mann gerade noch von einem Zebrastreifen hechtete. Sie musste hier weg und auf dem schnellsten Weg zu ihrer Freundin. Hoffentlich hatte der Fiat keine Delle, schließlich bestand immer noch die Möglichkeit, dass Paola nichts mitbekommen würde. Dann befuhr Anuta eine Landstraße und freute sich, als sie einen Wegweiser mit der Aufschrift „Roses 15 km" entdeckte. Die Frau aus Barcelona beschleunigte wieder und sah auf ihre Armbanduhr. Noch lag sie gut in der Zeit, noch konnte sie das alles vertuschen. Im gleichen Moment brauste ein Traktor mit Anhänger aus einem nahen Feld. Der Bauer hatte gerade einen Anruf erhalten. Seine Mutter fand man nach einem Unfall schwerverletzt auf einer Straße in Figueres. Eigentlich konnte sich der Mann überhaupt keinen

Reim darauf machen, da er wusste, dass seine Mutter äußerst vorsichtig war, und niemals unbedarft eine Fahrbahn überqueren würde. Er musste zu ihr! Durch das Telefonat noch völlig geschockt schaute er schnell in beide Richtungen, als er auf die Landstraße einbog. Beim Anfahren murkste er aus Nervosität den schweren Dieselmotor ab. Versuchte es dann erneut und ruckelte langsam vorwärts. Plötzlich gab es einen ohrenbetäubenden Knall. Ein Fiat Panda fuhr ungebremst in die Seite seines Anhängers, überschlug sich, und landete neben der Fahrbahn auf dem Dach. Völlig perplex stieg der Bauer von seinem Trecker, um zu dem Unfallwagen zu rennen. Eine Person, eine Frau, war durch die Frontscheibe herausgeschleudert worden und lag ungefähr fünfzehn Meter von dem Fahrzeugwrack entfernt, in der Straßenböschung. Um sie herum lagen mehrere Geldscheine. Alles in allem waren es tausend Euro.

Kurz bevor Anuta starb, betrachtete sie sich noch einmal die Wolkenformationen am tiefblauen, spanischen Himmel. Dort konnte sie eine Wolke erkennen, die einem Katzenkopf glich, die Wolke daneben sah aus wie ein Frauenkopf, und die Wolke darüber, wie eine Gestalt, die eine riesige Sense schwang.

5  Pancha

Fentanyl

Fentanyl stellt mittlerweile die tödlichste Drogengefahr für die Vereinigten Staaten dar. Das künstliche Opioid, fünfzigmal stärker als Heroin, ist eine extrem süchtig machende Droge. Schon zwei Milligramm Fentanyl, das ist in etwa die kleine Menge, die auf eine Bleistiftspitze passt, wird als potenziell tödliche Dosis angesehen. Die US-Drogenbehörde DEA hat im vorherigen Jahr zig Millionen Pillen und mehrere Tonnen Pulver beschlagnahmt. Mit dieser Menge könnte man die geschätzten 333 Millionen Einwohner der USA allesamt umbringen. Dieses Teufelszeug lässt sich vergleichsweise simpel und kostengünstig herstellen. Die DEA betrachtet die Zerschlagung der mexikanischen Drogenkartelle als ihre Hauptaufgabe, da die US-Behörde davon ausgeht, dass sie hauptverantwortlich für die Verbreitung des Stoffes sind. Meist wird Fentanyl mit Kokain oder Heroin gemischt und in geheimen Drogenlaboren in Mexiko hergestellt. Im Gegensatz dazu wird pharmazeutisches Fentanyl als Schmerzmittel, vor allem bei einer fortgeschrittenen Krebserkrankung in der Medizin verwendet. Das Perfide daran ist, dass diese Droge illegal auch in gefälschte, eigentlich verschreibungspflichtige Medikamente gepresst wird, aber dazu später mehr.

DEA-Agent Max Miller stand kurz vor der Pensionierung und freute sich auf seinen wohlverdienten Ruhestand. Seine Dienstzeit und alle seine Erfahrungen hatten ihn vollkommen desillusioniert. Über die Jahre sah er ein, dass sie gegen die Kartelle nicht die geringste Chance hatten. Als er anfing, bei der US-Drogenfahndung zu arbeiten, nahmen seine Kollegen und er, dann und wann einen Marihuana-Schmuggler fest. Später kam das Kokain ins Land und die Nachfrage nach diesem Zeug wuchs rasant. Schon zu der Zeit, hatten die mexikanischen Kartelle das Zepter in der Hand und die DEA kam ihrer Arbeit nicht mehr nach. Wenn sie einen Dealer hochnahmen und drei Kilogramm Koks beschlagnahmten, kam gleichzeitig die fünfzig- oder hundertfache Menge unbehelligt in die USA. Hier in El Paso wurde es von Monat zu Monat, von Jahr zu Jahr schlimmer. Juarez war nur einen Steinwurf entfernt und der

Rio Grande definitiv keine gesicherte Grenze. Miller hatte das Gefühl, dass er sein ganzes berufliches Leben gegen Windmühlen anrannte, und sich für ein paar lumpige Dollar Lohn, jeden verfickten Tag in Lebensgefahr brachte. Gerade das, sah Max irgendwann nicht mehr ein.

In einem Wettbüro lernte er vor einiger Zeit einen netten Texas Marshal namens Smithers kennen, der die besten Beziehungen, vor allem aber auch, ins texanische Nachtleben hatte. So wurden sein Kollege und er von Smithers auf irgendwelche Partys eingeladen, die allesamt im Bundesstaat Texas stattfanden. Miller selbst fand es damals nicht verdächtig, dass dort meistens ausgesprochen hübsche Lateinamerikanerinnen tanzten und ihn und die anderen Gäste zum Tequila trinken animierten. Wenn es im Laufe des Abends, aus irgendeiner Ecke heraus, süßlich roch, ignorierte er es einfach. Das ging eine Zeitlang gut und ihr Freund der Marshal lud sie fast wöchentlich in die tollsten Clubs ein. Auf einer Party, kurz vor Weihnachten, zog eine wunderschöne Mexikanerin Max auf die Seite und steckte sich vor seinen Augen provokativ einen Joint an. Eigentlich wäre daraufhin eine Festnahme unumgänglich gewesen, aber dann hätte er sich selbst um jede Menge Spaß gebracht. So tat er nichts, außer sie unter einem Tisch zu vögeln, sobald die junge Frau den Joint fertig geraucht hatte. Zur selben Zeit praktizierte sein DEA-Partner Edgar Blaken Oralsex auf einer Gästetoilette und zog eine halbe Stunde später seine erste Line Kokain, durch sein rechtes Nasenloch. Nach dieser besagten Party, wurden auch die Einladungen seltener, da die Gastgeber jetzt hatten, was sie wollten. Somit war der Plan ihres „Freundes" Smithers aufgegangen. Der Texas Marshal hatte die beiden DEA-Agenten nun sprichwörtlich „im Sack". Denn die diversen Ton- und Bildaufnahmen sprachen für sich. Somit arbeiteten Miller und Blaken nicht mehr nur für die Regierung, sondern vor allem für das Sinaloa-Kartell. Wenn die Sache jemals rauskäme, wären die beiden DEA-Agenten, nicht nur ihren Job los, sondern bekämen zudem, noch eine mindestens zwanzigjährige Unterkunft auf Staatskosten. Sie hatten sich schmieren lassen, hatten Drogen konsumiert, und zu allem Überfluss waren die Frauen, mit denen sie intim waren, noch keine 21.

Von nun an mussten sie dem Marshal jede Woche Bericht erstatten. Was immer die DEA vorhatte, Smithers wurde bestens von Max und Edgar informiert. Damit die Drogenbehörde keinen Verdacht schöpfte, durfte sie dann und wann ein paar unbedeutende Meth-Dealer hochnehmen. Methamphetamin wurde seit neuestem im flüssigen

Zustand ins Land gebracht und in geheimen Laboren in ein Pulver umgewandelt. Max und Edgar bekamen ab und zu mehrere hundert Dollar zugesteckt, wenn ihre Informationen „kartelldienlich" waren. Aber nur, um die beiden auch weiterhin zu motivieren, denn schließlich gab es ja nach wie vor die besagten Aufnahmen. Zu Anfang überlegten die Männer, wo das Belastungsmaterial wohl deponiert sein könnte.

Wären die erpresserischen Beweise bei Marshal Smithers in Texas oder in irgendeinem Safe in Mexiko zu finden? Doch dann verschwand der Marshal wie aus heiterem Himmel, und ein Mexikaner, der zur Tarnung als Landschaftsgärtner in El Paso arbeitete, kontaktierte Miller direkt. Sein Name war Jesús und so sah er auch aus! Jesús zahlte jetzt besser, als es der Marshal je getan hatte. Er wurde nur einmal ungehalten, als Edgar ihn nach dem Verbleib des korrupten Gesetzeshüters fragte. Angeblich würde er jetzt seinen faltigen Arsch unter karibischen Palmen schaukeln. Aber mehr erzählte Jesús dann doch nicht. Edgar Blaken ärgerte sich, dass sich der mexikanische Kontakt jetzt nur noch an seinen Kollegen wandte. Das steigerte sich noch, als Max, der seit kurzem einen brandneuen Dodge Challenger fuhr, ihm ein paar Hunderter zusteckte. Letzten Endes hatte Max Miller ja nur das halbe Risiko zu tragen. Der mittlerweile kokainabhängige Edgar war sich sicher, dass er mit diesen Almosen übervorteilt wurde und sprach Jesús argwöhnisch darauf an. Er wollte nicht übergangen werden und außerdem mehr Geld.

Ein paar Tage später hatte Edgar Blaken dann einen tödlichen Badeunfall. Angeblich ertrank er nach einem schweren Herzinfarkt in seinem krachneuen Swimmingpool. Bei der Exhumierung wurde absurderweise der schwere Drogenmissbrauch nicht festgestellt. Sein Kollege trauerte nur kurz. Max Miller bekam jetzt wider Erwarten mehr Geld zugesteckt und beschwerte sich nicht darüber. Sollte der DEA-Agent anfangs nur wegschauen, so wurde er nun immer mehr Teil des Ganzen. Mittlerweile fuhr er selbst zum Rio Grande, übernahm die Ware und lagerte sie ein. Da er das schlecht bei sich zuhause machen konnte, kaufte er über einen Strohmann eine verfallene Kapelle, unter der sich ein mittelgroßer Atomschutzbunker befand. Der Vorbesitzer, ein gewisser Reverend Martinsson, war schon vor längerer Zeit verstorben und hatte wahrscheinlich einmal zu viel „The Day after" geschaut. Martinsson war der Überzeugung, dass es bald zum 3. Weltkrieg kommen würde, und ernannte sich selbst zum Reverend einer kleinen Freikirche, die eigentlich nur aus sechs oder sieben Mitgliedern bestand. Tief unten im Bunker, hatte der Reverend nicht nur mehrere Waffen samt Munition und einen ganzen Raum mit gehorteten Esskonserven, sondern auch eine richtige kleine Apotheke, nebst einer Maschine, mit der man Pillen und Kapseln herstellen konnte. Zudem fand Max Miller eine riesige Blechkiste, randvoll mit Medikamenten, die gegen alle möglichen Krankheiten halfen. Max schaute sich verschiedene Packungen an, um gegebenenfalls das eine oder andere Arzneimittel zu entsorgen.

Er war gerade dabei diverse Medikamente wegzuwerfen, da fiel ihm eine gelbblaue Schachtel auf. Nach dem Ablaufdatum suchend, staunte er nicht schlecht, als er das Preisschild sah. Zwölf Kapseln für fünftausend Dollar. Das musste ein Schreibfehler sein. Max googelte das Medikament und stellte schnell fest, dass die Kapseln wirklich so teuer waren. Es handelte sich um ein Medizinpräparat, welches vornehmlich bei Krebspatienten eingesetzt wurde. Als Max Miller sich die Inhaltsstoffe auf dem Beipackzettel anschaute, begann er zu schmunzeln. „Fentanyl!", das Zeug hatte er doch erst vor kurzem in seinem Dodge spazieren gefahren. Sein Blick schweifte zu der Maschine. Die Kapseln konnte er damit doch selbst herstellen. Jesús könnte ihm ein paar Pfund Fentanyl aus Mexiko mitbringen und die anderen Zutaten, bekäme man auch in El Paso. Die Verpackungen herzustellen, wäre sicherlich auch kein Problem, und das Tollste daran war, dass er das Zeug einfach per Internet verkaufen könnte. Sagen wir mal, zum halben Preis. Ob die Patienten seine Präparate dann vertrugen oder nicht, war dem DEA-Agenten, der seit einer Woche im Ruhestand war, ohnehin egal. Schließlich waren seine Kunden definitiv „Todgeweihte". Ob sie letzten Endes an einem gefälschten Medikament oder an Krebs starben? Sterben würden sie doch sowieso!

Max Miller war abgebrüht genug, um die Sache wirklich durchzuziehen. Natürlich durfte das Kartell von seinen „pharmazeutischen Plänen" nichts wissen. Er rechnete sich überschlägig seine Gewinnmarge aus und allein die, ließ alle Zweifel und Sorgen in Windeseile schrumpfen. Sobald er genug Kapseln verkauft hatte, würde er ohnehin aus Texas verschwinden. Vielleicht nach Europa, vielleicht würde er sich an der französischen Riviera niederlassen? Dort könnte er dann reich und entspannt seinen Lebensabend genießen. Jesús war von der Idee nicht so begeistert. Sobald Sinaloa, Wind von Millers Eigeninitiative bekam, konnte alles passieren, wobei ein gewaltsamer Tod das Wahrscheinlichste wäre. Das Kartell würde in so einem Fall schnellstens einen Auftragskiller auf Miller ansetzen, und auch Jesús, der ihm das Zeug besorgte, dürfte dann mit einem baldigen Ableben rechnen. Trotz aller Bedenken lieferte Jesús das

Fentanyl ein paar Tage später. Wahrscheinlich aus zwei Gründen. Zum einen, wäre der Mexikaner als direkter Kontakt zu Max Miller ohnehin in der Schusslinie, und zum anderen, hatte sich der ehemalige DEA-Agent so sehr auf diese Sache versteift, dass er sich das Teufelszeug in jedem Fall, von irgendjemandem liefern lassen würde. Je mehr Leute davon Wind bekamen, desto gefährlicher wurde es letztlich auch für Jesús. Millers Rechnung ging auf. Er stellte jeden Tag mehrere hundert Kapseln her und der Absatz florierte. Bis dato hatte auch Sinaloa noch nichts von seinem pharmazeutischen Vertrieb mitbekommen. Über das Darknet verkaufte Miller in kürzester Zeit alle Bestände und kam mit der Herstellung bald nicht mehr nach. So verbrachte er die meiste Zeit in seinem unterirdischen Reich und sah verhältnismäßig selten das Sonnenlicht. Noch ein- bis zwei Monate, dann hatte er so viel Geld, dass er in Europa, respektive in Südfrankreich dem „Savoir-vivre" frönen konnte. Natürlich wurden alle Zahlungen nicht in Euro oder Dollar, sondern in diversen Kryptowährungen abgerechnet, die mittlerweile schon auf seine europäischen Konten flossen. Selbst als Jesús irgendwelche Bedenken äußerte, wiegelte Max nur ab. Sicher, Jesús hatte zwar kein Problem damit, wenn irgendwelche Junkies aufgrund einer Überdosis den Löffel abgaben, aber todkranke Menschen, die nach dem letzten Strohhalm griffen, auch noch vorsätzlich zu schädigen, damit hatte der Mexikaner schon ein Problem. Dem gewissenlosen Max Miller war das vollkommen egal. Er verdiente mit seiner Pseudoapotheke mehrere Millionen in kurzer Zeit, und nur das zählte für ihn.

Heute würde er seine letzten Kapseln herstellen, verpacken und verschicken. Schon morgen, wäre er Gott sei Dank im Flugzeug nach Europa unterwegs. Trotz aller Vorsichtsmaßnahmen musste er noch Akkordarbeit leisten, denn die letzten Tage machte ihm seine rechte Hand sehr zu schaffen. Er hatte sich im Eifer des Gefechts an einer Gewindestange der Maschine verletzt und mit den Handschuhen hatte er so gar kein Gefühl, was das Wiegen und Pressen anbelangte. Zudem funktionierte auch die Klimaanlage in Verbindung mit der Lüftung nicht mehr ordentlich. Miller saß nackt, bis auf die Unterhose, vor seiner Kapselmaschine und schwitzte sich die Seele aus dem Leib. Er hatte das Gefühl, dass nur noch heiße, texanische Sommerluft in den Atomschutzbunker gesogen wurde. Von Jesús hatte Miller auch schon mehrere Tage nichts mehr gehört. Vielleicht war er ja auch im mexikanischen Hinterland unterwegs oder vertrieb sich seine Zeit mit Nutten und Koks in Acapulco? Es konnte Miller auch egal sein, denn schließlich brauchte er keinen Lieferanten mehr. Was Max allerdings nicht ahnte, war, dass Jesús sich in der gleichen Tiefe, wie er aufhielt. Auch der Drogenlieferant befand sich derzeit circa sechs Fuß tief unter der staubigen Erde, wenn auch in Mexiko. Obwohl Jesús noch seine Klamotten trug, schwitzen konnte er nicht mehr, denn ihm wurde erst fachmännisch die Kehle durchgeschnitten, bevor er vergraben wurde.

Der „Sicario", sprich Auftragsmörder, des Sinaloa-Kartells war bereits unterwegs. Nach stundenlanger Folter hatte Jesús alles erzählt, was er nur wissen konnte. Da halfen auch alle möglichen Ausreden des Lieferanten nichts mehr. Sein Schicksal war genauso besiegelt wie das, des ehemaligen DEA-Agenten. Lupo Rodriguez, genannt „Der Wolf", würde in ungefähr einer halben Stunde an der Kapelle ankommen. Anschließend musste er seinen Auftraggebern sofort die frohe Kunde über den Tod des Abtrünnigen übermitteln. Dazu lag neben der 357er Magnum ein Wegwerfhandy im Handschuhfach seines Ford Pick-ups. Für Lupo war dieser „Hit" nichts Ungewöhnliches. Es kam öfter vor, dass sich Drogendealer, ohne das Wissen des Kartells noch etwas dazuverdienen wollten. Aber genau diese Alleingänge durfte die Organisation nicht dulden. So war es wieder an ihm, ein Exempel zu statuieren. Rodriguez fuhr die lange Auffahrt hoch und parkte unmittelbar vor der alten Kapelle. Als der Killer mit gezogener Waffe das Gotteshaus betrat, saß Miller immer noch vor der Maschine. Unbeholfen versuchte er, mit seiner lädierten Hand, die noch leeren Kapseln zu befüllen. Dann schreckte er auf, worauf ihm etwas Pulver zu Boden fiel. Eine rote Lampe blinkte, und über einen Monitor, den er an der Wand befestigt hatte, sah er seinen ungebetenen Besuch kommen. Im gleichen Moment verfluchte Miller sich selbst. Da die Klimaanlage nicht richtig funktionierte, hatte er doch die Außenluke des Bunkers offengelassen. »What a Fuck, Tag der offenen Tür!«, dachte sich Miller kurz. Immer noch schwitzend, barfuß und in Unterhose, lief er zu einem kleinen Spind und griff sich eine Schrotflinte, die er für alle Fälle bereits geladen hatte. Als der Auftragskiller die Einstiegstreppe hinunterkraxelte, wurde er bereits beschossen. Doch Lupo rechnete damit und warf im Vorfeld schon eine Rauchgranate in den Bunker. Eigentlich keine besonders gute Idee, denn so sah er selbst auch nicht mehr als sein Gegner. Beide Männer schossen ihre Magazine leer, ohne den jeweils anderen auch nur ansatzweise zu verletzen. Genauso gut hätten die beiden mit Platzpatronen aufeinander schießen können. Alle Projektile verfehlten ihr Ziel, und außer zersprungenem Glas und anderem Material, kam keiner zu schaden.

Sekunden später standen sich die beiden Männer in der Behelfsapotheke gegenüber. Lupo befand sich auf der einen Seite des massiven Stahltisches, worauf noch einige offene Kapseln lagen. Max Miller, der auf der anderen Seite verharrte, starrte den mexikanischen Auftragsmörder nur wütend an.

Lächelnd warf Rodriguez die schwere Kapselmaschine zu Boden, wobei sich weißes Pulver im ganzen Raum verteilte. Keiner der Männer redete. Beide wussten, dass große Worte nichts an der Sachlage ändern würden. Lupo Rodriguez zog ein langes Messer aus seiner Jacke und blinzelte Miller diabolisch an. Dann tat der Mexikaner etwas, das er in irgendeinem Fernsehfilm aufgeschnappt hatte. Er behielt das Messer in der rechten Hand, fuhr mit den Fingern der linken Hand über etwas Pulver, das sich noch auf dem stählernen Arbeitstisch befand. Während er weiter grinste, leckte er seine Finger theatralisch ab. Sekunden später fiel der Sicario tot zu Boden. Er hatte genug reines Fentanyl aufgenommen. Die Menge hätte höchstwahrscheinlich zehn Auftragskiller ins Jenseits befördert. Warum hatte Lupo das nur getan? Ganz einfach, der Killer, der in seiner Freizeit einen Krimi nach dem anderen schaute, erinnerte sich Sekunden vor seinem plötzlichen Tod an eine Szene, die in einem Drogenlabor spielte. Dort überführte der Inspektor auch den Drogenpanscher, indem er ihm durch kurzes Abschlecken demonstrierte, dass es sich dabei um Kokain und nicht etwa um Backpulver handelte. Pech für Lupo Rodriguez, dass die Realität hier und heute, nicht mit irgendwelchen Spielfilmen zu vergleichen war.

Eigentlich hatte Max Miller ja schon mit seinem Leben abgeschlossen, aber als er die völlig schwachsinnige Aktion des Mexikaners verdaut hatte, musste er lange und lauthals lachen. Miller ließ den toten Auftragsmörder einfach dort liegen, wo er lag. Er machte hier jetzt Feierabend und würde auch nie wieder zurückkehren. Seine letzte Amtshandlung hatte er aber noch vor sich. Er musste den Bunker noch in die Luft jagen! Somit könnte er alle Beweise, die ihn belasten würden, mit einem Schlag vernichten. Also stellte er die bereits montierten Sprengsätze scharf. Die Zeitschaltuhr gab ihm genau fünf Minuten, um sein unterirdisches Domizil zu verlassen. »Kein Problem«, dachte sich Max. Es musste jetzt flott gehen, und mehr Zeit würde er auch nicht brauchen. Schnell müsste er seine Strümpfe, seine Jeans und sein T-Shirt anziehen, in seine Boots schlüpfen und dann nichts wie raus hier! Die Klamotten lagen noch dort, wo er sie wegen der unsäglichen Hitze abgelegt hatte. Miller lief an der umgeworfenen Maschine vorbei, da schmerzten seine Füße plötzlich. Verdammt, er war in zerborstenes Glas getreten. Seine Füße brannten und bluteten stark. Das fehlte jetzt noch. Stöhnend nahm er auf einem Stuhl Platz und zog ein paar Glassplitter aus seinen Fußsohlen. Beim Anziehen der Socken merkte er, dass ihm etwas schummrig wurde. Er begann schwer zu atmen und sah zu Boden. Auf den Fliesen war überall weißes Pulver verstreut. Genau dort war er mit seinen verletzten Füßen hineingetreten. Dann spürte er seine Beine nicht mehr. Als Nächstes konnte er sich gar nicht mehr bewegen.

Max Miller saß einfach nur auf seinem Stuhl und wartete. Vielleicht sollte er noch ein letztes Mal eine Wette abschließen. Setzte seine Atmung als Erstes aus, oder würden es die Explosionen sein, die seine weitere Lebensplanung zunichtemachten?

6 षष् Shash

E7

»Nach dem A-DUR müssen Sie einen E7 spielen, keinen E-Moll!« Die alte, fast blinde Frau mit den bläulichen Haaren, zeigte mit ihrer gichtverformten Hand in seine Richtung. Kevin verzog daraufhin das Gesicht, weil er wusste, dass er sich gerade nicht verstellen musste. Ob er das Volkslied: „Mein Vater war ein Wandersmann", richtig oder falsch intonierte, spielte für ihn nicht die geringste Rolle. Hauptsache, er nahm sich die Zeit, vor Ort zu sein. Die Alten sollten sich gefälligst freuen, dass er sich überhaupt erbarmte. Wer war diese Frau, dass sie meinte ihn verbessern zu dürfen. Absolut unverschämt, so etwas. Kevin stellte die Gitarre weg, und legte sein freundlichstes Politikerlächeln auf. Er ignorierte das Großmütterchen, das weiterhin irgendwas von Harmonielehre von sich gab. Schnell winkte er eine Altenpflegerin herbei, um die Musikkritikerin im Rollstuhl, aus dem

Bildbereich zu entfernen. Als der Fotograf der örtlichen Zeitung, dann seine Fotos machte, lief Kevin zur absoluten Höchstform auf. Er umarmte mehrere gebrechliche Leutchen und gab sogar einer älteren Heimbewohnerin ein Küsschen auf die Wange. Die Menschen, denen er ungefragt so nahekam, hatten zwar keine Ahnung, wer sie so herzte, aber das war nicht wichtig. Hauptsache Kevin kam fotogen rüber und kümmerte sich mal wieder, zumindest sah es für alle Welt so aus. Der Berufspolitiker musste sich halt hin und wieder volksnah zeigen, aber obwohl er seine Wähler nahezu verachtete, brauchte er sie zumindest am Wahltag. Wenn er den heutigen Besuchstermin im Seniorenheim hinter sich gebracht hätte, würde er ohnehin in seine wohlverdienten Ferien fliegen.

Ende Januar war es hier, wie immer, trüb und nasskalt. Die Reisezeit für seinen gebuchten Wellnessurlaub hätte er nicht besser wählen können. Draußen regnete es seit Tagen in Strömen, aber auf Barbados herrschten mollig warme achtundzwanzig Grad Celsius und die Sonne schien. Das kontrollierte er beiläufig über eine Wetter-App auf seinem Dienst-Smartphone, bevor er sich von der Heimleiterin verabschiedete. Natürlich versprach er der Frau, sich persönlich für die Restaurierung, des in die Jahre gekommenen Gebäudes einzusetzen. Für seine Wähler machte er doch fast alles möglich. Nach all den Jahren bekam Kevin noch nicht einmal mehr einen roten Kopf, bei seinen Lügen und leeren Versprechungen. Das hatte er in seinem Politikerleben gelernt. Im Prinzip war das auch alles, was er konnte. Große Reden schwingen, und seine Wähler nach Strich und Faden belügen. Kevins ehrgeiziger Vater, der seit Jahren Parteivorsitzender war, hob seinen Sohn beizeiten auf die politische Karriereleiter. Durch seine Mutter, die seinen Erzeuger bei einer Wahlkampfveranstaltung kennen- und lieben lernte, sog Kevin das „Politikerdasein" praktisch mit der Muttermilch auf. Für ihn stand als Kind bereits fest, dass er eine adäquate Laufbahn einschlagen wollte. So schaffte er gerade mal seine Schule, um sich danach ausschließlich seiner Parteikarriere zu widmen. Warum sollte er denn auch ein Handwerk erlernen oder gar studieren, als Politiker hatte er letztlich Macht und Einfluss. Zudem wusste er schon als Knirps, dass er selbst nach wenigen Jahren im „Dienste des Volkes", für immer ausgesorgt hätte. Kevin Hechland hatte ohne Zweifel Karriere gemacht, und war seiner Meinung nach, noch nicht am Ende der Fahnenstange angekommen. In seiner jetzigen Position als Landrat, standen ihm zwar jede Menge „Benefits" zu, aber als Ministerpräsident, konnte er seine Machtposition noch deutlich steigern. Seine mittlerweile verstorbene Großmutter hatte ihm als

Pimpf mal zugeflüstert, dass er sicher irgendwann einmal Kanzler werden würde. Das war Kevins eigentliches Ziel. Bis dato lief ja auch alles wie geschmiert, zudem hatte er noch nie in seinem Leben irgendwelche Rückschläge einstecken müssen. Freunde, die ihm ab und zu den Kopf zurechtrückten, hatte er keine. Er war mittlerweile so von sich selbst eingenommen, dass es auch keine Frau länger, als ein paar Monate mit ihm aushielt. Seinen zweiundvierzigsten Geburtstag hatte er noch, vor ungefähr drei Wochen, mit seiner damaligen Lebensabschnittsgefährtin Olga gefeiert.

Standesgemäß dinierten die beiden damals, im weit und breit teuersten Restaurant. Er bestellte sogar einen Tisch mit „Seeblick", da er irgendwo gelesen hatte, dass Romantik ab und zu sein müsste. Olga und er, konnten zwar während ihres Essens über den Deich kucken, aber da sie witzigerweise am gleichen Tag, wenn auch ein paar Jahre später auf die Welt kam, stand das Geburtstagsgeschenk für seine hübsche Osteuropäerin noch aus. Sie alberten viel an diesem Abend, zumindest bis Kevin seiner Olga das Präsent überreichte. Als er lächelnd in die Innentasche seines Sakkos griff, um ein Schächtelchen herauszufischen, konnte Olga ihre Vorfreude kaum noch verbergen. Sie kicherte leise und versuchte zu lächeln, was ihr nach der letzten Botox-Behandlung gar nicht so leicht fiel. Was würde sich wohl in der Schachtel befinden? Sicherlich etwas Wertvolles, vielleicht eine Diamantkette oder ein Ring? Dann öffnete Kevin die kleine Box, um ein Stück Papier herauszuholen. Ein zusammengefalteter Zettel, bei dem es sich um einen Gutschein handelte. Noch blieb Olga halbwegs entspannt, aber das sollte sich ändern. Trotz Botox entglitten ihr ihre Gesichtszüge schlagartig, als die einunddreißigjährige Frau, die Schrift entzifferte. Keine Diamanten, kein Gold, keine Weltreise … ein „ThermiWix"! Noch nicht einmal die Originalversion dieses Küchengerätes, sondern irgendein schrottiger Billignachbau aus Fernost. Olga war kurz davor Schnappatmung zu bekommen. Wie von einer Tarantel gestochen, sprang sie von ihrem Stuhl, um dann wutschnaubend und vulgär schimpfend, die Fünfsterne-Lokalität zu verlassen. Allerdings erst, nachdem sie Kevin ihr volles Rotweinglas über seinen konfusen Kopf gekippt hatte.

Nach diesem desaströsen Abend war der dynamische Politiker erwartungsgemäß wieder Single. Am nächsten Morgen löste er den Gutschein ein, und hatte nun wenigstens ein Küchengerät der „Spitzenklasse". Na ja, zumindest kochte er laut einer Anleitung aus dem Internet einige Gerichte, die gar nicht mal so lecker schmeckten. Nach mehreren Versuchen, vielleicht hätte er ja nicht am falschen Ende sparen sollen, brachte er das letztlich defekte Teil zum Wertstoffhof. „Zu Hause bei Muttern" schmeckt es halt am besten! So aß er am Wochenende bei seinen Eltern und ließ sich unter der Woche, Pizza oder Pasta von seinem Lieblingsitaliener bringen.

»Ein kleines „Hüngerchen" hätte ich jetzt auch«, dachte er, als er das Seniorenheim verließ. Sein Chauffeur Peter sprintete regelrecht auf ihn zu, während er gleichzeitig versuchte, den großen Regenschirm zu öffnen. »Mistwetter, es hört gar nicht mehr auf zu schütten!« Peter verrenkte sich fast, hielt den Schirm konzentriert über Kevins Kopf, während beide zu der schwarzen S-Klasse liefen. Er riss seinem Chef die hintere Wagentür auf und ließ ihn einsteigen. Im nächsten Moment zerfledderte der stürmische Wind den Regenschirm, und schlug ihn hart gegen die Dachkante des Mercedes. Peter, der innerhalb von Sekunden völlig durchnässt war, stieg, ohne zu murren ein, nachdem er das malträtierte Teil in den Fußraum geworfen hatte. »Passen Sie doch auf, Mann! Gehen Sie gefälligst sorgsam mit dem Material um, Peter!« Der Chauffeur war noch nicht lange in Kevins Diensten, aber er konnte seinen Chef schon einschätzen. »Sorry, Herr Landrat,… aber die Windböen…« Kevin giftete seinen Untergebenen daraufhin ein erneutes Mal an, während der nur stur nach vorne sah, und die Luxuskarosse in Bewegung brachte. »Immer diese Ausreden! Der Regen, der Sturm, die Böen, was denn noch? Sie bringen mich jetzt in meine Dienstwohnung und warten davor. Ich muss noch ein paar Telefongespräche führen, und danach fahren Sie mich zum Flughafen, Mann! Haben Sie verstanden, Peter? Hören Sie auf, sich laufend zu rechtfertigen und konzentrieren Sie sich gefälligst auf Ihren Job. Wenn mir Ihre Unzulänglichkeiten zu viel werden, sind Sie morgen arbeitslos! Verstanden?« Der Chauffeur nickte nur. Sekunden später kam ihm ein gezwungenes »Jawoll« über die Lippen. Gut, dass der Landrat keine Gedanken lesen konnte. Sonst hätte er sich von seinem Chauffeur hier und sofort getrennt. Peter umklammerte das Lenkrad so stark, dass seine Fingerknöchel weiß wurden. Wie gerne, hätte er jetzt den Hals dieses arroganten Würstchens mit der gleichen Kraft zugedrückt.

Kaum war Kevin in seiner Wohnung, da klingelte auch schon sein Smartphone. Genervt hievte der Landrat einen Koffer aus der Ecke und nahm dann den Anruf entgegen. »Ja, … was gibt's?« Auf der anderen Seite passierte zwei Sekunden lang nichts, bis ein Mann vom Katastrophenschutz unsicher antwortete. »Hallo, bin ich hier mit Landrat Hechland verbunden?« Jetzt war der Mann, der gerade auf seinem Koffer kniete, um ihn überhaupt schließen zu können, noch eine Spur genervter. »Klar, Landrat Kevin Hechland hier, … was gibt's?« Das darauffolgende Telefongespräch gestaltete sich etwas hektisch, aber nur auf Seiten des Katastrophenschutzes. Kevin blieb tiefenentspannt, hörte gar nicht richtig zu und freute sich in erster Linie auf seinen wohlverdienten Urlaub. Der Mann erzählte Kevin irgendetwas von Deichbruchgefahr, aber der Landrat wiegelte ab. Wegen des bisschen Regens, würde doch ohnehin nichts passieren. Zeitgleich rief auch noch irgendjemand von der Feuerwehr bei ihm an. Kevin drückte den Anruf einfach weg. »Diese Schisser! Ich habe jetzt Ferien!« Allerdings hatte er dem Mann vom Technischen Hilfswerk erzählt, dass sein Vertreter informiert wäre, und alles in die Wege leiten würde. Eine glatte Lüge, denn seine Amtsvertretung, lag seit gestern Abend mit zwei gebrochenen Beinen und einer Wirbelsäulenfraktur im Krankenhaus. Der Blödian war bei Gartenarbeiten von der Leiter gefallen. Kevin hatte jetzt Feierabend, schaltete sein Diensttelefon aus, und ließ sich von seinem Chauffeur zum Flughafen bringen. Fast hätten sie auf der Fahrt dorthin noch einen Unfall gebaut, da auf der Landstraße hinter einer Kurve ein umgefallener Baum, in die rechte Fahrbahn hineinragte. Aber Peter wich gekonnt aus, was sein Chef mit einem erschrockenen

Aufschrei quittierte. »Passen Sie auf, Mann!« Der Chauffeur grinste nur, denn er freute sich bereits darauf, ohne seinen Fahrgast zurückfahren zu dürfen. Außerdem hätte Peter dann ja auch ganze zwei Wochen Ruhe, vor diesem arroganten Fatzke, das Leben konnte so schön sein!

Einen Tag später lag Kevin am Swimmingpool, und ließ sich die Sonne auf seinen blassen Bauch scheinen. Was letzte Nacht bei ihm zuhause passiert war, davon hatte er noch nicht die geringste Ahnung. Irgendwann um Mitternacht brach der Deich und es kam zur absoluten Katastrophe. Unmengen Wasser ergossen sich über seinen Landkreis und spülten alles und jeden hinweg. Am schlimmsten traf es das Seniorenheim, da sich alle ungeschützt im Erdgeschoss aufhielten. Ohne jegliche Vorwarnung schlug eine riesige Flutwelle zu. Gerade die Alten, die bettlägerig waren, und sich nicht helfen, geschweige denn fliehen konnten, ertranken einfach. Nur ein Mann hätte die Katastrophe verhindern können, aber genau den, kümmerte nur sein eigenes Wohlergehen. Als sich, im Laufe der Nacht, endlich Hilfskräfte zum Altenheim durchschlagen konnten, bot sich ihnen ein Bild des Schreckens. Der Anblick dieser vielen unnötigen Toten, würde den Helfern noch Monate, wenn nicht sogar Jahre, schlaflose Nächte bereiten. Kevins Smartphone war nach wie vor ausgeschaltet. Er drehte sich gerade auf seiner Sonnenliege, da fiel ihm auf der anderen Poolseite eine ältere Frau auf, die ihm kurz zuwinkte. Die Frau war ganz in weiß gekleidet, saß in einem Rollstuhl, und rückte ihren breitkrempigen Sonnenhut zurecht. So erhaschte Kevin kurz einen Blick auf ihr bläuliches Haar. »Verdammt, die Alte da drüben sieht fast so aus, wie die impertinente Oma im Seniorenstift«, dachte sich der Landrat und fühlte sich regelrecht ertappt. Gleichzeitig beruhigte er sich aber wieder. Das konnte ja nicht sein, wahrscheinlich liefen Abermillionen Großmütter mit graubläulichen Haaren auf der Welt herum. Trotzdem war die Ähnlichkeit irgendwie frappierend. Zwischenzeitlich wurde die ältere Frau von einem jungen Mann, der ebenfalls ganz in weiß gekleidet war, aus der Sonne geschoben. Das Großmütterchen sagte irgendetwas zu dem Jüngling, der danach mit zusammengekniffenen Augen in Kevins Richtung starrte. Landrat Hechland bekam davon nichts mit, denn er lag auf seiner Liege, hatte die Augen unter seiner dunklen Sonnenbrille geschlossen, und genoss eine kühle Brise, die vom Meer her kam. Kurz darauf schlief er ein und begann zu träumen.

In seinem Traum befand er sich mitten auf dem Ozean. Er zündete sich eine dicke Zigarre im Steuerhaus seiner neuen Luxusyacht an. Kevin genoss sein formidables Leben und die schöne Aussicht. Unten auf dem Sonnendeck räkelten sich drei wunderschöne Frauen in knappen Bikinis und schlürften teuren Champagner. Kevin war eindeutig der Hahn im Korb. Kurz darauf, winkte ihm eine der drei Schönheiten mit einer Schildertafel zu. Darauf stand in großen Buchstaben: „Miss You, Darling!" Hechland wollte sich mit einer neuen Champagnerflasche zum Sonnendeck aufmachen, als er ein riesiges Schiff am Horizont entdeckte. Absurderweise glich dieses Schiff einem Haus, das er kannte. Diese riesige Segelyacht war mindestens zehnmal so groß wie seine eigene. Jetzt setzten seine Verfolger auch noch eine schwarze Flagge, mit weißen Symbolen. Hechland glaubte, einen Totenkopf mit gekreuzten Knochen zu erkennen. Kevin wollte ihnen entwischen, gab Vollgas, aber das fremde Schiff kam immer näher. Es gab kein Entkommen! In einem Winkel von fünfundvierzig Grad näherte sich dieses monströse Piratenschiff mit ungeheurer Geschwindigkeit. Er nahm sein Fernglas und sah, dass auf dem Oberdeck reger Betrieb herrschte. Alles Leute, die er schon einmal gesehen hatte. Dort liefen doch allen Ernstes die Altenheimbewohner herum. Nur sahen sie alles andere als hilflos aus. Jetzt standen sie aufrecht und winkten entschlossen mit allerlei Waffen. Dann sah er die alte Frau mit den bläulichen Haaren. Sie war nicht mehr an ihren Rollstuhl gefesselt, stattdessen stand sie kerzengerade an der Reling. In ihren kräftigen Händen hielt sie einen Baseballschläger, um dessen Schlagteil Stacheldraht gewickelt war. Dann enterten die Alten sein Boot. Als Erstes schlugen sie die drei Schönheiten tot. Nachdem sie die jungen Frauen über Bord geworfen hatten, stellten sie Kevin vor dem Steuerhaus. Der Landrat lag zusammengekauert auf dem Boden, und versuchte, seinen Kopf mit den Händen zu schützen. Doch die Malträtierungen wollten nicht enden. Nach jeder einzelnen Gewaltanwendung kicherten die Alten euphorisch. Bevor die blauhaarige Frau, zum finalen Schlag ausholte, flüsterte sie dem Landrat noch etwas zu.

Aber das konnte Kevin nicht mehr verstehen, weil er zeitgleich schweißgebadet aufwachte. Er musste einige Stunden geschlafen haben, denn er war der Einzige, der sich noch am Swimmingpool befand. Die anderen Touristen waren wohl schon beim Abendessen. Kevins Haut brannte, und sein Bauch glich jetzt farblich eher einem Hummer, den man aus einem Topf mit kochendem Wasser gezogen hatte. Umständlich stand der Landrat auf, weil der Sonnenbrand sich bei jeder Bewegung bemerkbar machte. Sofortige Linderung konnte jetzt nur ein erfrischendes Bad bringen. So ging er sichtlich gequält ins Wasser, und schwamm vorsichtig von der einen, zur anderen Poolseite. Das kühle Nass tat seiner verbrannten Haut merklich gut, und dass er sich hier völlig ungestört bewegen konnte, hellte seine Stimmung wieder etwas auf. Er tauchte kurz unter. Als er wieder hochkam, sah er, dass die Frau im Rollstuhl an der gegenüberliegenden Seite Platz genommen hatte. Sie winkte ihm wieder freundlich zu. »Verdammt, wo ist denn die alte Schachtel jetzt schon wieder hergekommen?«, dachte er sich und versuchte, sie einfach zu ignorieren. Seiner Meinung nach sollte man „Behinderte" erst gar nicht in ein Luxusresort lassen. Schließlich wollte er wenigstens in seinen Ferien seine Ruhe, und möglichst nur fitte und vitale Menschen sehen. Leute, die genauso gut einer Werbung für weiße Kokosschokoladenkugeln entsprungen sein könnten. Jedenfalls war das nicht der einzige Grund für seine Apathie gegenüber dieser Greisin. Irgendetwas an ihr machte ihm eine Heidenangst. So versuchte der Landrat, gar nicht erst in ihre Richtung zu schauen, um sich von diesem undefinierbaren Gefühl nicht beherrschen zu lassen. Er schwamm weiter ruhig seine Bahnen und hoffte, dass die Alte, ihren faltigen Hintern endlich wieder wegbewegen würde. Vielleicht käme ja auch gleich wieder ihr Pfleger. Kevin malte sich aus, was denn wohl passieren würde, wenn diese Oma samt

Rollstuhl in den Pool fiele. Er musste bei diesem Gedanken grinsen. Kevin Hechland stellte sich die Situation bildhaft vor und fragte sich, ob er sie dann wohl retten würde. Danach dachte er daran, ob es nicht vielleicht spaßiger wäre, die Greisin mit Schwung in das Schwimmbecken zu schubsen. Diese Idee gefiel ihm irgendwie besser. »Wie gut, dass Gedanken nicht strafbar sind«, dachte Hechland und tauchte kurz wieder unter. Seiner sonnenverbrannten Haut tat das Wasser einfach gut, und so schnell würde er das Schwimmbecken noch nicht verlassen. »Nur noch zehn Minuten, dann gehe ich in mein Hotelzimmer und creme mich erstmal gut ein.« Das Abendessen hatte er ohnehin verpasst, aber es sprach nichts dagegen, nachher noch einen Cocktail an der Hotelbar zu schlürfen. Nach jedem Auftauchen schaute Kevin wieder in eine bestimmte Richtung. Vielleicht war es ein infantiler Instinkt? Gewissermaßen ein Überbleibsel aus seiner Kindheit.

Damals hielt er sich kurz die Augen zu, wenn ihn irgendwas ängstigte. Wahrscheinlich hatte er die Hoffnung, dass das Böse ihn nicht sehen konnte, wenn er selbst es nicht sah. Dieses Verhalten hatte er als Erwachsener, immer weiter perfektioniert. Das Vermeiden und Verdrängen, verbunden mit einfachem Aussitzen. Das Problem wurde seiner Meinung nach immer kleiner, wenn man es nur lange genug ignorierte. Sein Leitspruch war in dieser Hinsicht oftmals eine Aussage, die sein Vater hin und wieder mal machte. Ganz nach dem Motto: „Es wird eben alles nicht so heiß gegessen, wie es gekocht wird!" Das war Kevins Credo, allerdings begriff er noch nicht, dass das Aussitzen sehr wohl in einem Desaster enden konnte. Ungefähr eine viertel Stunde später, machte sich der Politiker auf den Weg zu seinem Hotelzimmer. In Nummer 969 angekommen, nahm er sich erstmal seine mitgebrachte After-Sun Lotion und cremte sich ausgiebig damit ein. Wenn seine Exfreundin Olga mitgereist wäre, hätte er ihr gerne diese Aufgabe überlassen, aber auf der anderen Seite hatte er durch die Trennung, zumindest jede Menge Geld gespart. Insofern hatte alles Schlechte wiederum etwas Gutes. Kevin schaute kurz von seinem Balkon. Von dort aus konnte er den Pool gut sehen. Die Greisin saß immer noch da, und als sie ihren Kopf drehte, hatte er das Gefühl, dass sie zu ihm hinaufstarrte. Daraufhin bekam er eine Gänsehaut, schloss die Balkontür und zog sich etwas Luftiges an, weil seine verbrannte Haut wieder merklich spannte.

Als er eine halbe Stunde später gemütlich an der Hotelbar saß und seinen ersten Cocktail vor sich stehen hatte, fühlte er sich wieder gut. Die Atmosphäre war entspannt, und nach dem dritten

Drink, spannte auch seine Haut nicht mehr so arg. Er wollte gerade einen vierten Caipirinha ordern, da schaltete einer der Kellner, den riesigen Flachbildfernseher an, der mitten über der Bar hing. Ein amerikanischer Nachrichtensender berichtete gerade von einer Flutkatastrophe, die letzte Nacht in Deutschland stattgefunden haben musste. Jetzt wurden Betroffene interviewt. Als Kevin die Stimmen aus seiner Heimat hörte, blickte er ungläubig auf den Flatscreen. Dem Landrat fiel fast das Glas aus der Hand, als er sich die Reportage anschaute. Jede Menge Tote und Verletzte, zerstörte Häuser und Straßen, schlichtweg alles, was sich der Flut entgegengestellt hatte, war hinüber. Gut, dass Kevin außer Landes war. Er würde den „Schwarzen Peter" seinem Stellvertreter in die Schuhe schieben können. Landrat Hechland hatte sich wieder etwas beruhigt, und dachte nur an seine politische Karriere, die aber dadurch keinen Schaden nehmen würde. Außerdem war Kevin nicht Jesus. Er konnte weder übers Wasser laufen noch irgendwelche Schicksalsschläge voraussehen. Er durfte sein Mobiltelefon nur einfach nicht einschalten, um seinen verdienten Urlaub, weiterhin genießen zu können. So konnte er seinen Leuten immer noch vorgaukeln, dass er von dieser Sache auf Barbados, schlicht und ergreifend nichts mitbekam. Vielleicht sollte er sein Smartphone verlieren oder ins Wasser werfen. Hätte er von der Katastrophe erfahren, müsste er sicherlich mit dem nächstmöglichen Flug zurück in die Heimat, um scheinheilige Betroffenheitsreden zu halten. »Das mit dem „Trost spenden" kann auch noch ein paar Tage warten«, dachte sich der Landrat kaltschnäuzig. Später, so etwa nach seinem sechsten Caipi zeigten die Reporter auch das Seniorenheim, dass er noch vor kurzem besucht hatte. Irgendwelche Helfer trugen sieben Leichensäcke aus dem schadhaften Gebäude. Wahrscheinlich war die Doppelgängerin der blauhaarigen Frau auch darunter. Bei dem Gedanken an den Tod der besserwisserischen Oma musste Hechland innerlich etwas schmunzeln. Irgendwann war er der letzte Gast in der Hotelbar, und als die Kellner schon mit dem Aufputzen und Hochstellen der Stühle beschäftigt waren, torkelte Kevin hinaus zum Pool. Er hatte noch keine Lust, Schlafen zu gehen. Außerdem zwang ihn der Zuckerrohrschnaps, noch ein bisschen an die frische Luft.

Er schwankte am beleuchteten Beckenrand vorbei, um sich anschließend auf eine Liege fallen zu lassen. Er sah durch den Alkohol zwar alles doppelt, aber wenn er sich ein Auge zuhielt, passte es schon. Die Nacht war wirklich traumhaft mild, und einen Moment lang, dachte Hechland an die Heimat, an seinen Landkreis, und an alles andere.

Am besten würde er für immer hierbleiben. Auf Barbados wäre er nur allzu gerne in Amt und Würden. Einen Augenblick später, dachte Kevin wieder an sein Dienst-Smartphone. Sobald er es auch nur einschaltete, wäre sein karibischer Traum vorbei. Also nahm er es aus seiner Hosentasche und warf es mitten in den Swimmingpool. Eine Sekunde lang fühlte er sich wie von einer tonnenschweren Last befreit, aber kurz darauf schlug er sich selbst mit der Hand an die Stirn. Das blöde Teil war doch wasserdicht! Höchstwahrscheinlich konnte es tage- oder wochenlang auf dem Grund des Pools liegen, ohne auch nur den geringsten Schaden zu nehmen. Verflucht, auf seinem Mobiltelefon waren doch noch einige Dinge abgespeichert, die ihn in arge Bedrängnis bringen könnten. Verschiedene Fotos und Dateien waren definitiv nicht für die Öffentlichkeit bestimmt. Trotz einer Menge Alkohol im Blut wusste er, was er nun tun musste.

So entledigte Kevin sich unbeholfen seiner Klamotten und sprang in den Pool, um sein Smartphone wieder herauszufischen. Der Landrat war sich verhältnismäßig sicher, es ungefähr in die Poolmitte geworfen zu haben, doch er fand das Teil nicht mehr. Hechland musste eine Zeit lang herumplanschen und immer wieder untertauchen, bis er es schließlich, auf einem Metallgitter liegen sah. Der Zuckerrohrschnaps zeigte Wirkung, denn beim erneuten Untertauchen griff er einige Male daneben. Dann versuchte er, es mit dem Fuß vom Gitter wegzuschieben. Allerdings verkantete sich das Mobiltelefon jetzt zwischen den Gitterstäben. Völlig außer Puste und nach Luft ringend, kam Kevin wieder an die Wasseroberfläche und sah verschwommen, dass die Greisin mit den blau-grauen Haaren, ihm bei seinen Bergungsversuchen zusah. Was suchte die Alte bloß um diese Zeit hier? Schließlich war es mitten in der Nacht. Er sah das Großmütterchen erbost an und winkte ihr, dass sie verschwinden sollte. Doch die Frau im Rollstuhl bewegte sich nicht und starrte zu ihm hinüber. Erneut tauchte Hechland unter, und versuchte, die Abdeckung zu lösen, was ihm aber nicht gelang. Dann fiel ihm ein, dass er das Gitter vielleicht mittels einer Stange heraushebeln könnte. Daraufhin krabbelte der Landrat, mehr oder minder torkelnd aus dem Becken, um sich ein brauchbares Werkzeug zu suchen.

Er schaute sich um, fand zuerst nichts, bis sein getrübter Blick den Rollstuhl erfasste. Die Großmutter hielt sich doch an einer Stange fest. Kevin schwankte blöde grinsend auf die Frau zu. Er musste sich nur diesen verchromten Sturzbügel kurz ausleihen. »Jetzt ist die Vettel doch noch zu etwas nutze«, dachte er und nahm sich einfach, was er brauchte. Die alte Frau fürchtete sich nicht vor ihm und sagte keinen Ton. Eigentlich sah sie ihn immer noch milde lächelnd an. Doch dieses Lächeln änderte sich. Bewaffnet mit dem verchromten Rohr tauchte der Landrat wieder im Swimmingpool, um sein Mobiltelefon endlich bergen zu können. Nach mehreren Versuchen gab das Metallgitter letzten Endes nach. Hechland zog es zur Seite und tauchte kurz auf, um Luft zu schnappen. Noch einmal Tauchen, dann hatte er sein Dienst-Telefon wieder. Als er zu seiner blauhaarigen „Stalkerin" schaute, sah er sie gerade noch davonrollen. Nun ja, das funktionierte auch ohne das Metallrohr, das er sich von ihr geborgt hatte. Als die Alte an der Pumpenstation vorbei rollte, sah Kevin diesen Rollstuhl, das erste Mal von hinten. Auf der Rückenlehne waren ein Buchstabe und eine Zahl zu sehen. Es war ein blutrotes „E7"!

Kevins Verwunderung wich nun einer furchtbaren Angst. Irgendetwas zog ihn unweigerlich nach unten. Mit ungeheurer Kraft wurde der Landrat auf den Boden des Schwimmbeckens gesogen. Das Schutzgitter hatte er selbst entfernt und diese alte Hexe musste in der Zwischenzeit irgendetwas an der Pumpe verstellt haben. Die Sogwirkung war so enorm, dass Kevin nicht die geringste Chance hatte. Sein Hintern steckte in dem Loch am Grund des Schwimmbeckens fest und der Landrat spürte äußerst schmerzhaft, dass die ungesicherte Filterpumpe ihn nahezu verschlingen wollte. Kurz bevor er jämmerlich ertrank, dachte er wieder an die Alte, und vor allem an den „E7".

Es war nicht nur der Gitarrenakkord, den er damals nicht spielte! Es war die Flutwarnung, auf welche er keinerlei Schutzmaßnahmen veranlasst hatte! Der Buchstabe und die Zahl konnten auch für die toten Bewohner des Seniorenheims stehen: E7 = Ertrunkene: 7!

 Sapta

Moo 1 „Das goldene Kalb"

Auf dem Berg Sinai wäre er damals vermutlich auch um das „Goldene Kalb" herumgetanzt. Auch er betete die falschen Götter an. Wenn Moo es sich recht überlegte, war an allem aber nur die allgegenwärtige Werbung schuld. Heutzutage musste man das neueste Smartphone besitzen, um von seinem Freundeskreis akzeptiert zu werden. Die hippen Sneaker kosteten auch eine Stange Geld. Zudem brauchte man einfach all das, was die angesagten Influencer auf den sozialen Plattformen empfahlen. Dabei gab es nur ein Problem! Der zwanzigjährige Moo hatte weder einen Ausbildungsplatz noch ein geregeltes Einkommen. So machte er das eine oder andere Mal krumme Geschäfte, die ihn früher oder später sicherlich in den Knast bringen würden. Denn von der staatlichen „Stütze", konnte er sich gerade einmal nur das Notwendigste leisten. Aber in der Welt da draußen, brachte ihm das bei seinen Freunden keinen Respekt ein. So war er zurzeit im „An- und Verkauf" von Marihuana und Ecstasy tätig, und ließ auch die eine oder andere unbeaufsichtigte Handtasche, nicht einfach liegen. Mehrere Einbrüche hatte der junge Mann auch schon verübt, aber seit einem guten Freund, dafür der Prozess gemacht wurde, ließ er von dieser Art der Einkommensaufstockung doch lieber seine flinken Finger.

Natürlich könnte ein Psychologe oder Pflichtverteidiger, irgendwann in naher Zukunft einwenden, dass an Moos krimineller Karriere, vor allem seine schlimme Kindheit schuld wäre, aber auch das war nur die halbe Wahrheit. Zwar war Moo Vollwaise, da seine Mutter unverhofft an einem Herzinfarkt starb, als er gerade einmal 10 Jahre alt war. Sein Vater kam unmittelbar nach seiner Geburt, bei einem Autounfall ums Leben. Die anschließende Zeit im Heim war auch kein Zuckerschlecken, aber das war noch nicht alles. Moo hatte wahnsinnige Prüfungsangst und versagte, bei so gut wie jeder Klassenarbeit und jedem einzelnen Vorstellungsgespräch. Wenn jemand eine Frage stellte, war er so aufgeregt, dass er zu stottern begann, oder den Mund gar nicht erst aufbekam. Auch liefen ihm allein bei dem Gedanken an Prüfungen aller Art, bereits

Schweißtropfen von der Stirn. Wie ein dunkler Fluch lag diese undefinierbare Angst über dem jungen Mann, von der sich wirklich keiner erklären konnte, wo sie ursprünglich herkam.

Unter Hypnose hätte man allerdings diese psychosomatische Blockade zeitlich eingrenzen können. Mit ungefähr 12 Jahren stahl er das Portemonnaie eines Betreuers, und bezichtigte danach einen seiner Kameraden, den Diebstahl begangen zu haben. In dem Kinderheim, das eigentlich eine kirchliche Einrichtung war, wurden harte Sanktionen verübt. Manch ein Pater ergötzte sich regelrecht daran, Fehltritte der Kinder ausgesprochen gewaltsam zu ahnden. Moo konnte sich leider noch allzu gut an Pater Gunther erinnern. Noch heute sah er dessen hämisches Grinsen in seinen Albträumen. Genauso, wie seinen zu Unrecht bestraften Kameraden, der am besagten Tag sein rechtes Auge verlor. Der Kirchenmann schlug das Kind mit einem breiten Ledergürtel windelweich. Bei diesem Gewaltexzess traf dann irgendwann die Gürtelschnalle auf den Sehnerv des bedauernswerten Heimkindes. Eine Woche später sprang der gänzlich unschuldige Junge von einer Brücke und verstarb. Seit diesem Tag hatte Moo das Gefühl, dass ein Fluch auf ihm lag. Im Prinzip hatte er das Leben seines damaligen Kameraden auf dem Gewissen, wenn er es sich selbst auch nicht eingestehen wollte. Aber unterbewusst sah er bei jeder Befragung oder Prüfung das vorwurfsvolle, einäugige Gesicht des Jungen vor sich und drehte dann mental durch. Zudem konnte er auch keinem seiner Freunde erzählen, was vor rund acht Jahren in dem Kinderheim geschah. Er war sich sicher, dass sie ihm diese Tat nie verzeihen würden. Moo selbst schämte sich dafür jeden Tag aufs Neue. Mit dieser Last musste der Zwanzigjährige irgendwie klarkommen, und obwohl er sich nichts sehnlicher wünschte, als ein „normales" Leben zu führen, sah es auch in Zukunft nicht danach aus, als dass sich grundlegend etwas ändern würde. Der junge Mann nahm keine Drogen, er vertickte sie aber, dann und wann. Mittlerweile liefen die Geschäfte zusehends schleppend und das Risiko wuchs stetig. Allerdings empfand er einen Rausch, wenn er sich mit ergaunertem oder gestohlenem Geld, das eine oder andere „Must-Have" kaufen konnte. Wenn er das Objekt seiner Begierde letztlich in Händen hielt, vergaß er auch eine kurze Zeit lang, seine nicht wiedergutzumachende Schuld.

So saß Moo in seiner kleinen Sozialwohnung und surfte wie so oft im Internet. Dieses neue I-Galaxy musste er haben. Brandneu und gerade erst auf dem Markt, war dieses technische Wunderwerk, genau das, was er jetzt brauchte. Dann las er in der

Werbung, dass der Telefonladen, bei ihm um die Ecke, das Teil schon vorrätig hatte. Aber in seinem Portemonnaie herrschte wie so oft gähnende Leere. Moo seufzte, aber vielleicht gab es ja auch noch eine andere Möglichkeit. Er zog sich eine Jacke über und machte sich auf den Weg in die Stadt. Eine dreiviertel Stunde später, drückte er sich die Nase an der Schaufensterscheibe des Handyladens platt. Seine Pupillen weiteten sich, als ihm das krachneue I-Galaxy entgegenstrahlte. Ganz einsam stand es auf einem Drehteller, den ein kleiner, nicht sichtbarer Elektromotor, werbewirksam bewegte. „Kauf mich, nimm mich!", Moo hatte den Eindruck, dass das Smartphone per Telepathie zu ihm sprach. Er sah sein ganz persönliches „Goldenes Kalb" vor sich, und obwohl er alles andere als religiös war, hätte er jetzt doch ein gutes Beispiel für Götzenanbetung abgegeben. Aber stehlen konnte er es nicht. Der Laden war definitiv zu gut überwacht. Moo musste es schon kaufen. Er überlegte, schaute sich um und da kam ihm ein Gedanke. Heute waren viele Leute unterwegs. Übermorgen war Heiligabend und die Menschen hetzten durch die Stadt, um die letzten Weihnachtsgeschenke für ihre Liebsten zu besorgen. Allerdings zahlten gegenwärtig fast alle mit Kreditkarte, insofern wäre das reine Kosten-Nutzenverhältnis eines Taschendiebstahls eher schlecht. Immerhin brauchte Moo zwölfhundert Euro. So viel Bargeld hatte doch heutzutage keiner mehr in der Tasche. Dann kam ihm erneut eine Idee.

Zwei Straßen weiter war doch diese Sparkasse, vielleicht sollte er sich dort mal umsehen. Moo drückte sich erst einmal eine Zeitlang in der Nähe des Geldhauses herum. Schließlich wollte er nicht auffallen. Als er dann eine ältere Frau erblickte, folgte er ihr unauffällig. Die Dame hatte eine spezielle Handtasche, die ihm gleich ins Auge fiel. Dieses Designerstück kostete doch vorneweg ein paar Tausender. Moo folgte ihr, allerdings nicht bis in den Kassenraum. Auf der einen Seite wollte er natürlich wissen, ob sie Geld abhob oder einzahlte, aber auf der anderen Seite, durfte er keinesfalls in das Blickfeld der Überwachungskameras geraten. Also ging er nur in den direkten Eingangsbereich und nahm sich dort eine Werbebroschüre über einen „EasyCredit for Youngster" zur Tarnung mit. Er tat so, als ob er lesen würde, aber in Wahrheit hatte er sein mutmaßliches Opfer fest im Blick. Als er sah, dass die Sparkassenmitarbeiterin der älteren Dame einige grüne Euroscheinchen überreichte, es mussten mindestens zwanzig oder dreißig sein, wusste Moo, dass er seinem I-Galaxy schon ein ganzes Stück näherkam.

Was der Räuber in spe nicht ahnte, die Frau, die er in naher Zukunft berauben wollte, war eigentlich nur eine durchschnittliche Rentnerin. Die angeblich sauteure Designerhandtasche war ein billiges Urlaubsmitbringsel aus Kunstleder, und zudem waren es weder zwanzig noch dreißig Hunderter, die, die Dame jetzt in die besagte Tasche steckte. Es waren gerade einmal elfhundert Euro, damit musste sie sowohl ihre Miete als auch alles andere stemmen. Als die ältere Dame die Sparkasse wieder verließ, heftete Moo sich an ihre Fersen. Die Frau ging ungefähr zwanzig Meter vor ihm durch die Fußgängerzone. Moo bemerkte, dass sie ihr rechtes Bein ein wenig nachzog. Das gefiel ihm, weil sie ihm dann nicht so leicht hinterherlaufen konnte. Gerade kam ihnen eine Gruppe Teenager entgegen. Sie alberten herum und bogen dann ein paar Meter vor ihnen zum Busbahnhof ab. Nun ging die ältere Frau nach rechts in eine ruhige Seitenstraße. Moo steigerte sein Schritttempo, um den Abstand zu verringern. Momentan kam ihnen kein Mensch mehr entgegen. Jetzt sah der Taschendieb seine Chance. Er rannte, auf die vor ihm humpelnde Dame zu, und visierte dabei den Riemen ihrer Tasche an, um während des Vorbeilaufens, danach greifen zu können. Kurz bevor er die alte Dame erreichte, blieb diese plötzlich stehen.

Wie aus heiterem Himmel griff die ältere Frau sich an die Brust, murmelte etwas, und fiel dann nach vorn, auf das harte Kopfsteinpflaster. Moo lief erstmal irritiert vorbei, drehte dann aber um. Die Tasche lag etwa zwei Meter von der Frau entfernt, mitten im Rinnstein. Moo wollte sie aufheben, aber dann sah er zu der Frau, die hilflos auf dem Boden lag. Er hätte jetzt davonlaufen können. Kein Mensch hatte ihn gesehen! Stattdessen kniete er sich neben die Frau und drehte sie vorsichtig auf den Rücken. Völlig apathisch sah sie ihn an. Moo wusste, dass die Dame einen Herzanfall erlitten hatte. Damals, als seine Mutter starb, konnte er ihr nicht helfen. Aber heute, würde und könnte er etwas tun. In diesem Moment konnte er gar nicht anders als Erste Hilfe zu leisten. In den letzten Jahren hatte er mindestens fünf Kurse besucht, um sich mit den lebensrettenden Sofortmaßnahmen vertraut zu machen. Seine geliebte Mama konnte er damals nicht retten, aber zu der Zeit, war er auch noch ein Kind. Also begann er mit der Herzrhythmusmassage und sprach die Frau währenddessen unentwegt an.

Zwischenzeitlich lief ein älteres Paar auf sie zu. Gott sei Dank hatten die beiden ein Mobiltelefon dabei, um sofort die Rettungsleitstelle benachrichtigen zu können. Als der Notarzt eintraf, wollte sich Moo leise, aber sicher, aus dem Staub machen. Die Tasche mit dem Geld lag ja immer noch da. Er hätte sie jetzt einfach stehlen können, aber irgendetwas hielt ihn davon ab. So hob er die Tasche auf, redete mit den Sanitätern, und gab sie ihnen mit. Kurz danach kam der Notarzt zu Moo und klopfte ihm kameradschaftlich auf die Schulter. Ohne Moos Eingreifen wäre die Frau sicherlich gestorben. »Gut gemacht, junger Mann! Die Dame hatte ein Wahnsinnsglück, dass Sie gleich zur Stelle waren. Sie haben heute ein Leben gerettet! Darauf können Sie verdammt stolz sein.« Moo schaute leicht verschämt zu Boden. Wenn der Notarzt wüsste, warum er sich in der Gasse aufhielt, würde er ihn sicherlich nicht über den grünen Klee loben. Moo wollte gehen, aber der Arzt hielt ihn sanft an der Schulter fest. »Hören Sie, junger Mann. Wie heißen Sie denn überhaupt? Hätten Sie vielleicht Interesse Sanitäter zu werden? Ich würde in jedem Fall ein gutes Wort für Sie einlegen.« Moo schluckte, und hatte das sichere Gefühl, dass er auf diese Fragen nicht antworten konnte. Nicht weil er nicht wollte, sondern weil er es schlicht und ergreifend nicht konnte. Sein schlimmes Stottern würde eine Beantwortung unmöglich machen. Doch Moo versuchte es, nachdem der Arzt ihm erneut aufmunternd auf die Schulter geklopft hatte. »Moo, Moommo… (Plötzlich passierte etwas) … Mein Name ist Moritz Schmitt und ich würde wirklich gerne eine Ausbildung zum Sanitäter machen, Herr Doktor!« Moritz glaubte zu träumen, als er seine eigenen Worte hörte. Er hatte schlagartig das Gefühl, sich von einer immensen Last befreit zu haben. Das Stottern war aus heiterem Himmel weg. Einfach weg, irgendwie hatte es keine Gewalt mehr über ihn!

Ein halbes Jahr später, saß Moritz wieder vor seinem Laptop. Das neueste Smartphone oder die angesagtesten Sneaker interessierten ihn nicht mehr. Er schaute nach günstigen Möbeln, weil sie sich ihr neues Heim geschmackvoll einrichten wollten. Gerade brachte ihm seine Freundin eine heiße Schokolade. Sie stellte die Tasse neben ihm ab und streichelte ihm zärtlich über den Rücken. Moritz zog die junge Frau zu sich und küsste sie liebevoll. Dank der älteren Dame, die er gerettet hatte, wohnte er jetzt in einer lichtdurchfluteten Wohnung, weit weg von seiner ehemaligen Wirkungsstätte. Sie hatte, wie auch der Notarzt, ein gutes Wort für ihn eingelegt. Er war mitten in der Ausbildung zum Rettungssanitäter und ging in seinem neuen Beruf regelrecht auf. Seine Freundin lernte er auf der Arbeit kennen. Sie hatten sich sofort ineinander verliebt und waren seitdem fest zusammen. Am gleichen Abend hätte Katharina noch eine Überraschung für ihren Moritz.

Ja, seit seiner „Heldentat" in der Gasse, sagte kein Mensch mehr „Moo" zu ihm.

Eigentlich verhielt es sich wie in dem Buch der Bücher. Dort wurde aus Saulus irgendwann Paulus und so ähnlich lief es bei ihm auch. Aus Moo wurde vor rund einem Jahr endlich Moritz, der zudem bald Vater werden würde.

8 अष्ट Ashta

Moo 2 „Der Heimlich-Griff"

Ausnahmsweise hatte er sogar einen Strauß lachsfarbener Rosen besorgt. Seine Frau und er, feierten heute schließlich ihren dritten Hochzeitstag, und noch musste Moritz an dieses Datum nicht explizit erinnert werden. Katharina war mit ihrer gemeinsamen Tochter Zoe gerade beim Zahnarzt. Daher traf er keine Menschenseele, als er von seiner Nachtschicht nachhause kam. Nachdem er die Blumen in eine Vase gestellt hatte, kochte er sich einen starken Kaffee, und las dann irgendwelche Push-Mitteilungen auf seinem Smartphone. Moritz freute sich schon auf den heutigen Abend. Edda hatte angeboten, auf Zoe aufzupassen, damit Kathi und er, den besonderen Tag in einem feinen Restaurant genießen könnten. Sie konnten wirklich froh sein, dass Edda sich so kümmerte. Von Anfang an hatte sie das junge Paar unterstützt, und für die vierjährige Zoe war die ältere Frau ohnehin „Oma Edda". Für Moritz, der Vollwaise war, legte sich Edda, gewissermaßen wie eine Ersatzmutter ins Zeug.

Schließlich hatte er ihr ja vor knapp fünf Jahren das Leben gerettet. Allerdings durfte Edda Zagel nie erfahren, aus welchem Grund er sich damals in derselben Gasse aufgehalten hatte. Moritz dachte oft an den besagten Tag. Was wäre wohl passiert, wenn er sich einfach nur die Tasche mit dem Geld gegriffen hätte? Irgendetwas hatte ihn damals zurückgehalten, und diesem „Etwas" war Moritz Schmitt zutiefst dankbar. Unwillkürlich musste der junge Mann dabei an den Film „Crossroads" denken. Hätte er vor rund fünf Jahren den falschen Weg genommen, wäre er heute immer noch Moo und höchstwahrscheinlich im Knast. Moritz steckte sein betagtes Mobiltelefon in die Ladestation, da klingelte es an der Tür. Kaum hatte er sie geöffnet, sprang ihm auch schon Zoe in die Arme. »Papa, Papa, es hat gar nicht weh getan! Der liebe Zahndoktor hat mir nur in den Mund geschaut.«

Moritz hob seine kleine Tochter hoch und herzte sie. Katharina ging lächelnd an den beiden vorbei und stellte eine große Einkaufstüte auf die Kochinsel. Während ihr Mann mit ihrer Tochter herumalberte, räumte sie die Nahrungsmittel ein. Katharina war so beschäftigt, dass sie die Vase mit den frischen Rosen noch gar nicht entdeckt hatte. Moritz schaute zu seiner Frau, während er flüsterte. »Schau mal Zoe, sind die Blümchen nicht schön? Glaubst du, die würden Mama gefallen?« Katharina musste grinsen. Moritz warf ihr einen Luftkuss zu und redete weiter mit seiner Tochter. »Heute Nachmittag kommt Oma Edda und passt auf dich auf. Aber, du musst Oma gehorchen. Wenn sie dich heute Abend ins Bett schickt, dann gehst du auch schön schlafen, okay?« »Okidoki Papa!« Alle mussten lachen. Schnell machte Moritz seiner Frau noch einen Kaffee, denn auch sie musste in Kürze auf der Arbeit erscheinen. Normalerweise hätte sich der Rettungssanitäter nach der stressigen Nachtschicht ein wenig hingelegt. Aber da in Zoes Kindergarten, seit gestern akuter Läusebefall herrschte, hatte er leider keine Zeit, sich auszuruhen. Weil der Kinderhort geschlossen hatte, war die kleine Zoe zuhause, und ließ ihrem Papa nicht einmal fünf Minuten Atempause. So verbrachte Moritz den ganzen Tag mit seiner aufgeweckten Tochter. Selbst nach der Haartransplantation an Zoes Lieblingspuppe Emily kam keine Ruhe auf, da die Kleine ihren Vater, mit hunderten von Fragen, rund um seinen medizinischen Beruf, löcherte. Erst als gegen 18:00 Uhr Oma Edda klingelte, konnte Moritz wieder etwas verschnaufen. Die ältere Frau kam lachend herein, um gleich von Zoe belagert zu werden.

Aber bevor die Kleine sie in Richtung Kinderzimmer bugsieren konnte, drückte Edda dem Mann des Hauses noch den aktuellen Stadtanzeiger in die Hand. Während Zoe ihrer Ersatzgroßmutter wieder mal alle ihre Puppen zeigte, setzte sich Moritz kurz mit einer frischen Tasse Kaffee an den Küchentisch. Etwas müde und unkonzentriert blätterte er den Stadtanzeiger durch.

Plötzlich sah der Sanitäter einen Artikel, der ihn schlagartig in ein früheres Leben katapultierte. Moritz verschüttete glatt seinen heißen Kaffee. Da wurde jemand geehrt, den er kannte. Das konnte nicht sein! Pater Gunther Ratterl wurde das Bundesverdienstkreuz am Bande überreicht, ernsthaft? Im Artikel, der sich zur Hälfte um das Kinderheim „Zum barmherzigen Samariter" drehte, wurde Moritz ganz persönlicher Protagonist, all seiner Albträume, auch noch geehrt. Pater Gunther war für Moritz ein ebenso großer Menschenfreund wie „Freddy Krueger aus Nightmare on Elm Street"! Auch der Pater zeigte soziopathisches Verhalten und allein mit seinen exzessiven Gewaltausbrüchen, den Heimkindern gegenüber, könnte man höchstwahrscheinlich ganze Bücher füllen. Moritz schaute sich das Foto wiederum an und bekam unwillkürlich eine Gänsehaut. Der Kirchenmann ohne jegliche

Empathiefähigkeit strahlte ihn geradezu triumphierend, aus der Zeitung heraus an. Obwohl es sich um ein Schwarzweißfoto handelte, konnte Moritz, Pater Gunthers penetrante Augen gut erkennen. Sie waren hellblau und wirkten fast leblos. Eigentlich passten sie perfekt zu dem sadistischen Hirn, das dahinter lag.

Moritz knüllte die Zeitung zusammen, wischte damit den verschütteten Kaffee auf, und warf sie anschließend mit Schwung ins Altpapier. Dann öffnete er einen Küchenschrank, nahm sich eine einzelne Zigarette aus dem obersten Fach, und ging hinaus auf die Veranda. Moritz hatte sich das Rauchen, Zoe zuliebe, so gut wie abgewöhnt, aber nach dieser speziellen Information, musste er einfach etwas für seine angespannten Nerven tun. Draußen war es angenehm mild. Trotzdem zitterte Moritz noch immer. Alte, schon ewig vergrabene Erinnerungen, setzten ihm merklich zu. »Es ist wie in Stephen Kings Romanen«, dachte er fröstelnd. »Manchmal kommen sie wieder!« Der Rettungssanitäter zog an der Zigarette, die zu schnell abbrannte, weil der Tabak überaus trocken war, aber zumindest beruhigte er sich langsam wieder. Das Kinderheim war doch weit weg und was wirklich zählte, war das hier und jetzt! Trotzdem hatte sich das Zeitungsfoto bei Moritz regelrecht eingebrannt. Wenn er die Augen schloss, konnte der junge Mann diese hämisch grinsende Visage sehen, die er aus gutem Grund, fast vergessen hatte. Einen Moment lang loderten Rachegedanken auf. Wie gern, würde er diesem scheinheiligen Schwein, heute noch das Genick brechen. Aber schließlich hatte er seinen unschuldigen Kameraden in die gewalttätigen Fänge des Gottesdieners getrieben. Bei dem Gedanken daran empfand Moritz auch eine Wut gegen sich selbst. Ein paar Tränen schossen ihm in die Augen. Wäre damals nicht das andere Heimkind, sondern gerechterweise Moritz, windelweich geprügelt worden, könnte er wahrscheinlich heute, nur noch aus einem Auge weinen.

Kurz darauf kam seine Frau nachhause. Katharina sah ihn draußen stehen, und winkte ihm überschwänglich, aber auch fragend und überrascht zu. »Warum bist du noch nicht umgezogen, du weißt schon, dass wir in einer Stunde einen Tisch bestellt haben?« Moritz schaute auf seine Armbanduhr und erschrak leicht. Ja, es stimmte. Irgendwie hatte er die Zeit völlig aus den Augen verloren. Es wurde zwar noch recht hektisch, da das Ehepaar nun gleichzeitig das Bad benutzen musste, aber trotzdem kamen die beiden noch pünktlich vor der beliebten Pizzeria an. Katharina zog wieder all ihre Register. Sie flüsterte etwas und verdrehte dabei die Augen. Moritz musste lachen, denn er wusste, was sie gerade veranstaltete. Seine Frau bestellte sich einen freien Parkplatz, in der Nähe des Restaurants. Dafür brauchte sie weder irgendein WLAN noch sonstigen technischen Schnickschnack. Katharina bestellte sich den freien Parkplatz einfach beim Universum! Was soll man sagen, das funktionierte erschreckenderweise auch meistens. Moritz war wieder mal „geflasht", denn nun wurde doch tatsächlich ein Parkplatz unmittelbar vor dem Restaurant frei. »Na siehst du, so macht man das, mein Schatz!«, sagte Katharina schmunzelnd, bevor die beiden aus ihrem Auto stiegen. Moritz schüttelte nur lächelnd den Kopf, während er seiner Frau die Eingangstür zum Restaurant aufhielt. Drinnen war schon reger Betrieb. Die beiden mussten kurz warten, bevor ein Kellner, das Paar nach ihrer Reservierung fragte, um ihnen anschließend einen Tisch für zwei Personen zuzuweisen. Moritz rückte seiner Ehefrau galant den Stuhl zurecht, und nachdem sie eine Karaffe Rotwein bestellt hatten, redeten die beiden über alles Mögliche. Dabei lachten sie viel und sahen sich verliebt an. Der Wein und das anschließende Essen schmeckten wirklich ausgesprochen gut. Das Ambiente stimmte auch, so schien der Abend genau das zu werden, was beide sich für diesen Hochzeitstag erhofft hatten.

Moritz griff gerade über den Tisch und drückte zärtlich Katharinas Hand, als er hinter sich eine fast vergessene Stimme hörte. »Ja, Kuno! Bei all dem Herzblut, das ich für das Heim und nicht zuletzt für die armseligen Kinderchen vergossen habe, war diese Verdienstmedaille doch längst überfällig, oder?«

Moritz glaubte, schlecht zu träumen. Unmittelbar hinter ihnen, saß doch allen Ernstes Pater Gunther, zusammen mit irgendjemandem, der auf den Namen Kuno hörte. Moritz schaute sich zögerlich um, dann sah er ihn. In den letzten dreizehn Jahren hatte sich der Pater nicht wesentlich verändert. Als er sich wieder seiner Frau zuwandte, machte die ein ziemlich besorgtes Gesicht. »Du bist auf einmal so bleich, geht's dir nicht gut?« Moritz wiegelte ab. »Doch, alles Gut! Vielleicht bin ich einfach nur müde? Lass uns zahlen und gehen.« Katharina sah ihn irritiert an. »Von einem Moment auf den anderen? Du siehst aus, als ob du gerade ein Gespenst gesehen hättest!« Moritz reagierte nicht auf Katharinas Worte. Er sah sie nicht einmal an. Stattdessen winkte er resolut einem Kellner und forderte die Rechnung. Mittlerweile liefen Moritz Schweißtropfen von der Stirn. Er musste hier raus, bevor er einen Mord beging. Dem Fünfundzwanzigjährigen wurde schmerzhaft bewusst, dass er auf dieser Welt nur eine Person wirklich abgrundtief hasste.

Genau diese Kreatur befand sich momentan nur ein paar Meter von ihm entfernt. Wenn ihm seine Familie, sein geliebter Beruf als Rettungssanitäter und alles Drumherum, egal gewesen wären, hätte er sich sicherlich mit einem stumpfen Messer auf den Kirchenmann gestürzt. Aber da er zu einem zivilisierten Mann herangereift war, blieb ihm nur die Flucht. Angreifen war jetzt sicherlich keine Option! Katharina sagte noch etwas, das Moritz aber akustisch nicht mitbekam. Der junge Mann hörte nur sein eigenes Blut rauschen und sein Herz schlug bis zum Hals. Endlich stand seine Frau sichtlich verärgert auf, und Moritz verlor keine Zeit, um ihr ihre Jacke zu reichen. Nun wollte er ihr „gentlemanlike" in das Mäntelchen helfen, aber das verneinte sie und warf ihm stattdessen einen bösen Blick zu. Das war nun wirklich kein schöner Abend mehr. Katharina war völlig perplex und fragte sich, welcher Teufel ihren Moritz plötzlich geritten hätte. Gerade saßen sie ausgesprochen romantisch an diesem kleinen Tisch, und auf einmal wurde ihrem Mann hier alles zu viel. Umständlich zog sie sich ihre Jacke an. Am liebsten, hätte Moritz seine Frau einfach unter den Arm geklemmt, um sie unverzüglich nach draußen zu tragen. Für ihn dauerte das alles eine gefühlte

Ewigkeit, und dann lachte dieser verdammte Sadist auch noch. »Jetzt komm endlich!« Moritz schrie seine Katharina regelrecht an.

Das laute, hämische Lachen hinter ihm, änderte sich irgendwie. Zuerst klang es wie ein Knurren, das schließlich in ein luftschnappendes Röcheln überging. Dann hörte Moritz ein Poltern. Zusätzlich zu dem Geschepper von Glas und Porzellan, das auf den Boden fiel. Er drehte sich um und sah den Pater in der Hocke. Sein Bekannter, namens Kuno, sprang erschrocken auf, tat aber nichts. Moritz war sofort klar, dass Pater Gunther ersticken würde, wenn niemand etwas unternahm. Der Kirchenmann krabbelte auf allen vieren und versuchte den Fremdkörper, der ihm die Luft nahm, vehement auszuhusten, aber das funktionierte nicht. Moritz stand einfach nur da. Er tat nichts! Er bekam auch nicht mit, dass seine Frau ihn am Ärmel zog und wild auf ihn einredete. Da Moritz nicht reagierte, schob Katharina ihn rüde zur Seite, um dem Mann helfen zu können. Moritz stand da wie festgewurzelt, und stierte in eine schummrige Saalecke. Er erkannte einen einäugigen Jungen, der zu ihm rüber sah. Moritz starrte diese schemenhafte Gestalt an und hörte sie flüstern. »Lass das Schwein verrecken! Das bist du mir schuldig, Moo! Endlich bekommt der Pater, genau das, was er verdient. Hilf ihm nicht! Lass ihn gefälligst zur Hölle fahren!« Moritz nickte der geisterhaften Erscheinung zu und wollte ihr etwas entgegnen. »Dededu hahast recht, iiiich wewewe werde ihn sterb … sterben lassen!« Plötzlich war Moritz wieder Moo. Das schlimme Stottern war zurück, und Moo fühlte diese schwere Schuld, die nach Jahren, wieder auf ihm lastete. Währenddessen mühte sich seine Ehefrau mit dem Mann ab, der zu ersticken drohte. Das Gesicht des Paters hatte mittlerweile eine bläuliche Farbe angenommen. Katharina versuchte erneut den sogenannten Heimlich-Griff. Dabei umfasst der Helfende die erstickende Person von hinten, und versucht durch Druck auf den Bauchraum, den Fremdkörper aus den oberen Atemwegen herauszupressen. Das funktionierte aber nicht, da Pater Gunther auf dem Boden, mehr oder minder eingerollt kauerte. Er ließ sich auch nicht hochheben und hörte langsam auf zu schnaufen.

Plötzlich war es so, als ob bei Moritz ein Schalter umgelegt worden wäre. Schlagartig wurde ihm bewusst, dass er dem Pater helfen musste. Die Gegenwart zählte. Nur das hier und jetzt war von Bedeutung. Der einäugige Junge, den er sich eingebildet haben musste, war verschwunden. Heute war er Moritz, der Sanitäter, der Menschenleben rettete und nicht der stotternde Moo, der vor Jahren schwer traumatisiert worden war. So sprang er zu seinem größten Feind und schlug ihm von hinten mehrmals zwischen die Schulterblätter. Das reichte auch schon! Wie erhofft, spuckte der Träger des Bundesverdienstkreuzes daraufhin ein Stück Fleisch aus, das in seiner Luftröhre gesteckt hatte. Mehrere Restaurantbesucher standen um sie herum. Jetzt klatschten alle Beifall, als der Pater wieder langsam zu sich kam und hustend aufstand. Keiner, von all den Menschen, hatte ernsthaft zu helfen versucht. Irgendjemand postete sogar ein Video mit seinem Smartphone, um sich schelmisch darüber zu freuen, dass das Filmchen bereits zweihundertfünfundfünfzigmal angeklickt worden war. Diese sensationsgeile Mischpoke. Der Teufel soll sie holen! Es gab wirklich keinen Grund, diese Gaffer nicht abgrundtief zu verabscheuen. Katharina schaute ihren Ehemann jedoch stolz an. In dem Moment fragte sie sich auch nicht mehr, warum Moritz so zögerlich gehandelt hatte. Letztendlich half er ihr doch, einen Unbekannten vor dem Erstickungstod zu bewahren. Er war ihr ganz persönlicher Held, und an den heutigen dritten Hochzeitstag, würden beide sicherlich ewig zurückdenken.

Jetzt wollte Moritz einfach nur noch weg. Als seine Frau neben dem dankbaren Pater stand, und ihm aufmunternd über den Rücken rieb, fühlte Moritz einen Würgereiz aufkommen. Wenn sie doch nur gewusst hätte, welches Ungeheuer sie da gerade herzte. Moritz hatte seiner Katharina nie etwas von seiner Zeit im Kinderheim erzählt. Erst recht nicht von Pater Gunther und dem einäugigen Jungen, den auch er auf dem Gewissen hatte. Der Fünfundzwanzigjährige wusste auch nicht, ob er seiner Gattin jemals die Geschichte erzählen könnte. Jedenfalls griff er jetzt seine Ehefrau, die sich immer noch mit dem Pater befasste, bei der rechten Hand und versuchte sie, durch den Pulk der Neugierigen zu ziehen. Katharina versuchte, kurz dagegenzuhalten, riss sich dann aber von dem Geistlichen los. Pater Gunther hielt nun allerdings ihre linke Hand fest, weil er ihr noch etwas sagen wollte. Katharina wurde jetzt nicht nur sinnbildlich hin- und hergerissen. Sie schaute zu Pater Gunther zurück, der ihr ein kurzes »Tausend Dank!«, zuraunte. Dann ließ Gunther sie los und sie fühlte sich wie ein Gummiseil, das noch unter Spannung stehend, einfach durchgeschnitten worden war. Sie wurde nun hart gegen ihren Mann geschleudert, der sich einen Weg durch die Menschenmenge bahnte. Dadurch, dass Katharina ihrem Moritz geradezu in den Rücken fiel, und das nicht im übertragenen, sondern im eigentlichen Sinn, verlor der Held des Tages das Gleichgewicht. Moritz konnte sich gerade noch an dem Mann festhalten, der vor kurzem ein Video aufgenommen hatte. Daraufhin beschwerte sich der Hobbyfilmer lautstark. Allerdings nicht lange, denn als Moritz seinen gesamten Mageninhalt auf ihn erbrach, war der selbsternannte Sensationsreporter schlagartig still. Manchmal folgt die Strafe halt unmittelbar auf dem Fuße. Obwohl sie in diesem Fall, wohl eher aufs Gesicht und das fliederfarbene-Lalcotz-Shirt des Filmemachers zielte.

Jetzt war es an Katharina, ihren Mann nach draußen zu ziehen. Vor dem Restaurant wurden die beiden fast von einem Rettungswagen angefahren. Als der Notarzt ausstieg, erkannte er Moritz sofort. Der Mediziner begrüßte das Paar und als er erfuhr, dass Katharina und ihr Mann die Sache bereits geregelt hatten, rief er seine beiden Sanitäter zu sich, damit sie gleich weiterfahren konnten. Nach einer kurzen Verabschiedung und einer Einladung fürs kommende Wochenende, machten sich die Retter auf den Weg zum nächsten Notfall. »Heute Abend ist die Hölle los! Wahrscheinlich liegts am Vollmond. Seid bloß froh, dass ihr beide dienstfrei habt!«, rief ein Sanitäter dem Ehepaar noch lachend zu, bevor sie mit Sirengengeheul wieder davonbrausten. Während das Ehepaar Schmitt nachhause fuhr, saßen Pater Gunther und sein Begleiter immer noch im Restaurant. Die Aufregung hatte sich gelegt, und die meisten Gäste benahmen sich jetzt wieder, als wenn nichts passiert wäre. Der frischgebackene Heimleiter besprach sich leise mit dem Pater. »Hör mal zu, Gunther. Dein Verdienstkreuz hast du ja nun! Es wäre für uns alle von Vorteil, wenn du kündigen würdest. Du weißt doch selbst, dass ich den Deckel, gerade noch so eben, auf dem Topf halten kann! Über die letzten Jahre, kamen einfach zu viele Beschwerden über dich. Bevor die Suppe überkocht, musst du uns schnellstens verlassen!« Auf diese Ansage hin bekam der Pater einen roten Kopf. Besorgt sah sein Gegenüber, dass die pochende Ader an Gunthers Stirn, fast zu platzen drohte. »Das ist jetzt der Dank für jahrzehntelange Aufopferung! Deshalb hast du mich zum Essen eingeladen. Nicht um mich zu belohnen, sondern um mich zu feuern! Pass nur auf, dass ich nicht damit rausrücke, was du so alles auf dem Kerbholz hast, mein Freund! Dann bist du schneller im Knast, als du glaubst!« Pater Gunthers Stimme wurde von Wort zu Wort lauter. »Du verdammter …!« Kuno stand auf, warf fünfzig Euro auf den Tisch und verließ wortlos das Lokal. Der Heimleiter ärgerte sich über sich selbst. Er hätte sich ja auch denken können, dass Gunther, auf seinen Vorschlag hin, komplett ausrastete. Der Pater saß noch eine ganze Zeitlang am Tisch und trank aus lauter Frust, ein Glas Rotwein nach dem anderen. Eigentlich trank er nur Mineralwasser, wenn er mit seinem Wagen unterwegs war, aber heute Nacht war alles anders.

Nachdem er gezahlt, und die Pizzeria schwankend verlassen hatte, stieg er in seinen weißen Ford Fiesta und versuchte, den Wagen aus der Parkbucht zu manövrieren. Der Wein begann seine Sinne zu trüben. So ramponierte er beim Ausparken ein Auto, das vor ihm stand. Natürlich hätte er nun stehenbleiben müssen, aber genau das, sah er gar nicht ein. Vielmehr fuhr er mit quietschenden Reifen davon. Das Kinderheim war ohnehin nicht allzu weit entfernt und den Unfall hatte höchstwahrscheinlich auch niemand mitbekommen. Er kam gerade einmal fünfhundert Meter weit, da kam ihm eine Polizeistreife entgegen. Plötzlich drehten die Ordnungshüter und fuhren ihm auch noch hinterher. Im Rückspiegel sah der Pater jetzt eine Leuchtschrift auf dem Dach des Einsatzwagens, die „STOP POLIZEI" anzeigte. »Verfluchte Kinderkacke! Wenn ich jetzt anhalte, bin ich meinen Führerschein los! Ihr könnt mich mal …!« Gleichzeitig überlegte der Geistliche, warum die Polizei überhaupt auf ihn aufmerksam wurde. Als er den Kleinwagen beschleunigte, fiel es ihm wie Schuppen von den Augen. Ein Frontscheinwerfer hatte sich beim rabiaten Ausparken wohl verabschiedet. Kein Wunder, dass sie hinter ihm her waren. Schließlich war es dunkel und nur sein linkes Abblendlicht funktionierte noch. »Ein einäugiger Ford Fiesta!«, dachte Gunther. In seinen wirren Gedanken sah der Schrecken der Heimkinder den toten, einäugigen Jungen, mitten auf dem Bahnübergang stehen. Der Kleine winkte ihm zu. Pater Gunthers rechter Fuß trat das Gaspedal fast durchs Bodenblech. Eigentlich wollte er bremsen, aber er hatte seinen Körper nicht mehr unter Kontrolle. Vielleicht war es auch das einäugige Auto, dass nun die Oberhand übernahm und die geschlossene Bahnschranke durchbrach. Wie zu erwarten, hatte der Pater keine Zeit mehr, alle seine Sünden zu beichten, als der Schnellzug den rasenden Fiesta in voller Fahrt erfasste und danach in tausend Stücke riss.

Zur selben Zeit stand ein Paar verliebt auf der Veranda. Beide schauten zum Vollmond hinauf, bevor sie ein letztes Mal auf ihren Hochzeitstag anstießen. Der Rotwein, den Edda ihnen dagelassen hatte, schmeckte wirklich vorzüglich. Irgendwie hatte Moritz das Gefühl, dass erneut eine alte Last von ihm abfiel. Er war unsagbar dankbar und glücklich, dass sich sein Leben so und nicht anders entwickelt hatte!

Aktion = Reaktion

"Ähnlich wie bei dem 3. Newtonschen Gesetz geht es um Wechselwirkung.
Aktion und darauffolgende Reaktion! Der Begriff *KARMA* kommt
aus der altindischen Sprache Sanskrit und bedeutet *Tat*. Dieses
spirituelle Konzept sagt aus, dass jede Handlung immer eine Folge
hat...es gibt kein Entkommen... Das *KARMA* präsentiert dir
irgendwann die Quittung!
Früher oder später!" OJP

Werb
ung

ISBN-13: 9 783756 896714 (Paperback) & E-Book

Verlag: BoD, Books on Demand, Norderstedt

Story: Der Brandsachverständige und ehemalige Legionär Jean Sarre wird zu einer Unfallstelle gerufen und entdeckt bei der Untersuchung des Autowracks, dass es sich keinesfalls um einen Unfall, sondern um einen Brandanschlag gehandelt hat. Dies ist der Anfang zu einer Ermittlung, die immer größere Ausmaße annimmt.

Dabei ergibt sich aus der Mitwirkung eines nicht immer sehr bemühten Kriminalinspektors, eines korrupten Bauunternehmers, mehrerer Kleinkrimineller, eines gewissenlosen Arztes und schöner Frauen eine explosive Mischung!

Im fahlgelben Scheinwerferlicht wirkten die Serpentinen zwischen Roses und Cadaques irgendwie unwirklich und weitestgehend gefahrlos. Kein Wunder, schließlich konnte man bei Dunkelheit nur schwer erkennen, dass es stellenweise, fast siebzig Meter in die Tiefe ging. Der Fahrer der großen, silbernen Limousine war so gut gelaunt, wie schon lange nicht mehr und aus dem Autoradio ertönte melodische Rockmusik.

Er hatte es endlich geschafft und hatte nun Geld genug, um sich für immer absetzen zu können. Jetzt musste er nur noch seine Geliebte abholen und dann nichts wie raus, aus Spanien.

„Irgendwie verdammt romantisch, fast wie bei Shakespeare!", dachte er sich grinsend und drehte - Liquid Love- noch eine Idee lauter.

Gerard Brieaux war ein Mann, Ende dreißig, bei dessen Anblick das weibliche Geschlecht oftmals in Verzückung geriet. Der gepflegte, südländische Typ mit dem schulterlangen, pechschwarzen Haar verkörperte durchaus das „Latin-Lover"-Klischee und wurde oft auf seine frappierende Ähnlichkeit mit dem Schauspieler Antonio Banderas angesprochen.

Ohne dieses Kapital hätte es Gerard die letzten Jahre auch sehr schwer gehabt. Die Arbeit als investigativer Journalist hatte nicht so funktioniert, wie er sich das vorgestellt hatte und als Fotograf war auch kein großes Geld zu verdienen.

Vor zwei Jahren hatte er sich noch als Paparazzo durchgeschlagen.

Doch dann unterlief ihm ein folgenschwerer Fehler, der ihn auch in diesem Metier disqualifizierte.

Damals stellte er in Barcelona einer Hollywood-Diva nach und ließ sich dann blödsinnigerweise von deren Double aufs Glatteis führen. Später kam er nicht umhin, sich ab und an, von ein paar wohlhabenden Damen aushalten zulassen, denn schließlich musste sein Lebensstil ja auch finanziert werden.

Da bekanntlich Kleider Leute machten und der sportlich ambitionierte Gerard selten Geld in der Tasche hatte, ließ er sich von gutsituierten und zugleich unbefriedigten Frauen einkleiden, damit die ihn anschließend wieder entkleiden konnten ...

Danke für Ihre Aufmerksamkeit.
Oliver J. Petry / März 2023